AU PIANO

DU MÊME AUTEUR

LE MÉRIDIEN DE GREENWICH, *roman,* 1979
CHEROKEE, *roman,* 1983, ("double", n° 22)
L'ÉQUIPÉE MALAISE, *roman,* 1986, ("double", n° 13)
L'OCCUPATION DES SOLS, 1988
LAC, *roman,* 1989, ("double", n° 57)
NOUS TROIS, *roman,* 1992, ("double", n° 66)
LES GRANDES BLONDES, *roman,* 1995, ("double", n° 34)
UN AN, *roman,* 1997, ("double", n° 97)
JE M'EN VAIS, *roman,* 1999, ("double", n° 17)
JÉRÔME LINDON, 2001
AU PIANO, *roman,* 2003
RAVEL, *roman,* 2006
COURIR, *roman,* 2008
DES ÉCLAIRS, *roman,* 2010
14, *roman*, 2012
CAPRICE DE LA REINE, *récits,* 2014
ENVOYÉE SPÉCIALE, *roman,* 2016

JEAN ECHENOZ

AU PIANO

LES ÉDITIONS DE MINUIT

ISBN 978-2-7073-2932-5

I

1

Deux hommes paraissent au fond du boulevard de Courcelles, en provenance de la rue de Rome.

L'un, de taille un peu plus haute que la moyenne, ne parle pas. Sous un vaste imperméable clair et boutonné jusqu'au cou, il porte un costume noir ainsi qu'un nœud papillon noir, et de petits boutons de manchette montés en quartz-onyx ponctuent ses poignets immaculés. Bref il est très bien habillé mais son visage livide, ses yeux fixés sur rien de spécial dénotent une disposition d'esprit soucieuse. Ses cheveux blancs sont brossés en arrière. Il a peur. Il va mourir violemment dans vingt-deux jours mais, comme il l'ignore, ce n'est pas de cela qu'il a peur.

L'autre qui l'accompagne est d'apparence tout opposée : plus jeune, nettement moins grand, menu, volubile et souriant trop, il est coiffé d'un petit chapeau à carreaux bruns et beiges, vêtu d'un pantalon décoloré par plaques et d'un chandail informe porté à même la peau, chaussé de mocassins marbrés d'humidité.

Il est bien, ton chapeau, finit par observer l'homme très bien habillé alors qu'ils vont atteindre les grilles du parc Monceau. Ce sont les premiers mots qu'il prononce depuis une heure. Vous trouvez, s'inquiète l'autre. Il est pratique en tout cas, c'est un fait, mais esthétiquement je ne sais pas trop qu'en penser. C'est de la récupération, n'est-ce pas, je n'aurais pas acheté ça moi-même. Non, non, dit l'élégant, il est bien. C'est mon beau-fils qui l'a trouvé dans le train, précise l'autre, quelqu'un avait dû l'oublier. Mais il était trop étroit pour lui, voyez-vous, la boîte crânienne de mon beau-fils est extrêmement volumineuse, d'ailleurs il a un énorme QI. Moi, c'est juste à ma taille, ce qui ne m'empêche pas d'être plus bête, je veux dire pas plus bête qu'un autre. Tiens, si on se faisait un petit tour dans le parc.

De part et d'autre de la rotonde où se tiennent les agents de surveillance du parc, les deux portails monumentaux en fer forgé surchargé d'or étaient ouverts. Les deux hommes les franchirent, pénétrèrent dans le parc et, un moment, le plus jeune parut hésiter quant à la direction à prendre. Il masquait son hésitation en parlant sans cesse, comme s'il n'était là que pour distraire l'autre, pour tenter de lui faire oublier sa peur. Et c'était en effet son rôle mais il semblait, bien que s'y employant avec conscience, n'y parvenir pas toujours parfaitement. Avant d'arriver au parc, il avait développé divers sujets d'ordre politique, culturel et sexuel, mais sans que son monologue déclenchât le moindre échange, sans que tout cela s'épanouît en conversation. Depuis l'entrée du parc, il projeta un regard giratoire méfiant, des tulipiers de Virginie aux néfliers du Japon : cascade, rochers, pelouses. L'autre paraissait ne regarder rien d'autre que l'intérieur terrorisé de lui-même.

L'autre, qui s'appelait Max Delmarc, détenait une cinquantaine d'années. Bien que ses revenus fussent confortables, qu'il fût célèbre aux yeux d'un petit million de personnes et qu'il eût suivi depuis vingt ans toute sorte de cures psychologiques ou chimiques, il était donc mort de peur et, quand ce sentiment l'envahissait à ce point, d'ordinaire il se taisait complètement. Or voici qu'il ouvrit la bouche. J'ai soif, Bernie, dit Max, je crois que j'ai un peu soif, si on passait chez toi ? Bernie le considéra gravement. Je crois qu'il ne vaudrait mieux pas, monsieur Max, dit-il, monsieur Parisy n'aimerait pas trop. Et puis vous vous souvenez de l'autre fois. Allons, insista Max, tu habites à deux pas, juste un petit verre. Non, dit Bernie, non, mais je peux appeler monsieur Parisy si vous voulez. On peut lui demander. Bon, se résigna Max, laisse tomber.

Mais comme il venait d'apercevoir à gauche un édicule où se vendaient des gaufres, des boissons fraîches et des cordes à sauter, il marcha fermement vers cet établissement. Bernie l'ayant suivi, dépassé, précédé vers la carte des consommations affichée près de la caisse, consulta rapidement cette carte avant que Max l'eût rejoint – pas d'alcool, tout va bien. Vous voulez un café, monsieur Max ? Non, répondit Max déçu par la lecture de la carte, ça ira. On se remit en marche. On passa devant un buste de Guy de Maupassant surplombant une fille puis, de l'autre côté d'une pelouse, une statue d'Ambroise Thomas accompagné d'une autre fille et, encore au-delà vers l'est, Édouard Pailleron dominant une nouvelle fille de pierre en pâmoison. Il semblait que, dans ce parc, les statues des grands hommes craignissent la solitude car tous avaient une jeune femme à leurs pieds. Et de mieux en mieux, juste après la cascade, c'est pas moins de trois compagnes – l'une d'entre elles ayant perdu ses deux bras – dont avait besoin Charles Gounod. Mais Bernie préféra éviter qu'on passât devant le mémorial de ce compositeur. Pire encore, du plus loin qu'il aperçût, jouxtant l'espace de jeux réservé aux enfants, celui de Frédéric Chopin : nom de Dieu, se dit Bernie, Chopin. Surtout pas Chopin. Il changea précipitamment de direction, faisant faire volte-face à Max et détournant son attention en louant la variété, l'abondance et la polychromie de la végétation, précisant le grand âge de l'érable-sycomore et la circonférence du platane d'Orient. Mais regardez un peu, monsieur Max, comme c'est beau, s'enflamma-t-il. Le monde est beau. Le monde est beau, vous ne trouvez pas ? Sans ralentir le pas ni lui répondre, Max feignit de jeter un coup d'œil sur le monde et haussa légèrement les épaules. Bon, dit Bernie d'un ton penaud, d'accord. Convenez quand même qu'il est très bien éclairé.

Après que Bernie eut traîné Max dans tous les coins du parc à l'exception du secteur Chopin, qu'il eut tenté de lui faire admirer le bassin ovale, la pyramide et son pyramidon, puis qu'il eut discrètement consulté sa montre, il infléchit le parcours vers une sortie du parc en empruntant l'allée de la Comtesse-de-Ségur, le long de laquelle se tenait assis Alfred de Musset. Aucun problème avec Musset, sauf que manquait aussi le bras droit de la jeune personne qui, penchée sur lui, posait sa main gauche sur l'épaule gauche d'Alfred.

Dix-neuf heures trente-cinq, fin de printemps hésitante mais le soleil était toujours présent. Ce fut devant son coucher prochain, en empruntant l'avenue Van-Dyck vers l'ouest, que les deux hommes quittèrent le parc. Depuis sa tentative de boire un verre, Max n'avait plus desserré les dents pendant que Bernie, tenant étroitement son rôle, ne cessait de lui parler en le surveillant. Max ne s'était éloigné de lui que deux ou trois minutes, discrètement, le temps d'aller vomir de peur derrière un chêne de Hongrie. Mais, comme il avait déjà vomi deux fois depuis le début de l'après-midi, ce n'était plus que de la bile qui lui venait dans une succession de spasmes extrêmement douloureuse. Maintenant, sortis du parc, ils remontèrent une contre-allée de l'avenue Hoche, empruntèrent la première à droite – au coin de laquelle se trouvait un bar : Max tenta encore d'inviter Bernie à y entrer, Bernie refusa silencieusement – puis quelques mètres encore et c'était là, au 252. On y était.

On entra. Escaliers, corridors, passages, portes qu'on ouvrait et refermait jusqu'à parvenir dans un vaste espace sombre encombré de cordages, de poulies, de grandes caisses ouvertes et de meubles déplacés. Dans l'air flottait une rumeur de houle ou de foule. Il était alors vingt heures trente pile, Max venait d'ôter son imperméable et soudain, quand il s'y attendait le moins, Bernie le poussa vivement dans le dos au-delà d'un rideau, et la houle se transforma aussitôt en tempête et il était là, le piano.

Il était là, le terrible Steinway, avec son large clavier blanc prêt à te dévorer, ce monstrueux dentier qui va te broyer de tout son ivoire et tout son émail, il t'attend pour te déchiqueter. Manquant de broncher sous la poussée de Bernie, Max se rétablit de justesse et, noyé sous la trombe d'applaudissements de la salle comble qui s'était levée pour l'accueillir, se dirigea en titubant et suffoquant vers les cinquante-deux dents. Il s'assit devant, le chef brandit sa baguette, le silence se fit aussitôt et voilà, c'est parti, je n'en peux plus. Ce n'est pas une vie. Quoique n'exagérons rien. J'aurais pu encore naître et finir à Manille, vendeur de cigarettes à l'unité, cireur à Bogotá, plongeur à Decazeville. Allons-y donc puisqu'on est là, premier mouvement, *maestoso*, du Concerto n° 2 en fa mineur, op. 21, de Frédéric Chopin.

2

Depuis la salle, même depuis le premier rang, personne ne s'imagine que c'est si difficile. Ça paraît même aller de soi.

Et de fait, pour Max, cela va très vite rouler tout seul. Une fois que l'orchestre s'est mis à dévider la longue introduction, il s'est un peu tranquillisé. Puis dès que c'est à lui, dès qu'il est entré dans le mouvement, tout va mieux. Sa peur s'est assoupie au bout de quelques mesures, puis elle s'est évanouie dès la première fausse note – une bonne fausse note, dans un passage véloce, de celles qui se fondent dans la masse et ne comptent pas. Une fois qu'elle est arrivée, Max se sent libéré. Il a maintenant la situation en main, il se promène, il est à son affaire. Chaque demi-ton lui parle, chaque soupir est juste, les suites d'accords se posent comme des oiseaux danseurs, il aimerait bien que ça ne s'arrête plus mais voilà, fin du premier mouvement. Pause. Tout le monde y va de sa petite toux en attendant le suivant, on se racle la gorge, on boute le mucus hors de ses bronches polluées, chacun s'éclaircit comme il peut la colonne d'air et c'est parti pour le deuxième mouvement, *larghetto* : lent, méditatif, extrêmement exposé, pas question de se tromper, Max ne se trompe pas une fois, tout ça passe comme une lettre à la poste. On tousse encore un peu puis c'est le troisième, un *allegro vivace* élégant, tu vas voir comment je vais t'expédier ça, aïe une deuxième fausse note vers la mesure 200, je dérape toujours au même endroit dans le final, mais là encore c'est pris dans le mouvement, ils n'ont toujours rien vu, on y arrive, on y est presque, descente et montée chromatiques, quatre ponctuations d'orchestre, deux accords conclusifs et voilà, c'est réglé, bravo, salut, bravo, rideau, bravo, pas de rappel, fin de l'histoire.

Fourmillant de fatigue mais ayant tout oublié de sa peur, Max monta vers sa loge qu'encombraient des bouquets. Mais qu'est-ce que c'est que ces fleurs, s'énerva-t-il, tu sais bien que je ne supporte pas, bazarde-moi tout ça. Oui oui, dit Bernie qui ramassa prestement les bouquets puis fila surchargé comme un corbillard pendant que Max tombait sur sa chaise, devant une console désordonnée surmontée d'un miroir au fond duquel, dans l'ombre, Parisy s'épongeait le cou à l'aide d'un Kleenex en boule. Ah, dit Max sans se retourner, tout en s'apprêtant à déboutonner sa chemise, vous êtes là. C'était excellent, sourit l'impresario. Je sais, dit Max, je crois. Mais je n'ai plus tellement envie de le jouer, ce truc, je le connais trop. Et puis la partition d'orchestre est assez faible, quand même, ça se voit tellement que Chopin n'était pas bon pour ça. Et puis d'une manière générale j'en ai un peu marre des orchestres. Et comme il défaisait le bouton du haut, celui-ci sauta de la chemise pour aller se loger dans le désordre de la console. De toute façon, dit Parisy en s'approchant, vous n'avez plus que des récitals avant l'été, vous savez. Berlin.

Toujours sans se retourner, tout en cherchant le bouton fugitif, Max vit s'amplifier dans le miroir la silhouette massive et dégarnie de Parisy, physique de loukoum rétractile à grosses lunettes, costume croisé, transpiration chronique et tessiture de ténor léger. Rappelez-moi le programme, dit Max. Vous avez donc Nantes en fin de semaine, modula Parisy, vous avez le récital salle Gaveau le 19, ensuite plus rien jusqu'à ce truc pour la télévision. Et puis le Japon a rappelé, ils veulent savoir quand vous pourrez reprendre les enregistrements pour l'intégrale Chausson, ils ont besoin d'une date pour réserver le studio chez Cerumen. J'ai besoin de temps, dit Max, je ne suis pas prêt. C'est-à-dire qu'ils voudraient savoir vite, accentua Parisy, ils ont leur planning à monter. J'ai besoin de temps, répéta Max, j'ai soif. Il est où, le petit ?

Il était revenu, moins les fleurs. Il se tenait près de la porte, il attendait qu'on lui donnât quelque chose à faire. Je prendrais bien un verre, Bernie, signala Max, toujours sans se retourner, finissant par coincer le bouton franc-tireur entre deux vases vides. Bernie ouvrit un placard pour en extraire un verre et une bouteille, matériel qu'il disposa sur un plateau devant Max, après avoir un peu déblayé la console. Je reviens, dit Bernie, je vais chercher des glaçons chez Janine. Sans attendre l'arrivée de ceux-ci, Max emplit son verre aux quatre cinquièmes sous l'œil réticent de l'impresario, toujours plein cadre dans le miroir. Ne m'emmerdez pas s'il vous plaît, Parisy, on a dit qu'après les concerts, j'ai droit. Avant je veux bien que non, mais après j'ai droit. Ce n'est pas tellement ça, nuança Parisy, c'est que vous n'aurez plus de place pour les glaçons. C'est juste, dit Max en vidant la moitié de son verre d'une gorgée. Voyez, maintenant il y a de la place. Parisy secoua la tête en cherchant dans sa poche un Kleenex neuf et grimaça en constatant que c'était le dernier. Il froissa l'emballage qu'il expédia dans une corbeille pendant que Bernie resurgissait, porteur d'un seau à glace isotherme jaune et blanc. Merci, Bernie, non non, pas besoin de pince. Au contraire. Max plongea deux glaçons dans son verre avant d'en promener un troisième sur son front, sur ses tempes, dans son cou puis, continuant de s'adresser à Parisy dans le miroir : que serais-je sans Bernie, dit-il. C'est bien, c'est bien, approuva l'impresario vaguement. À ce propos, intervint timidement Bernie. Quoi, dit Parisy. Eh bien voilà, dit Bernie. Je me vois obligé de vous demander, naturellement si c'est possible, de m'augmenter un peu. C'est tout à fait hors de question, dit roidement Parisy. C'est que j'ai des charges, argumenta Bernie, j'ai par exemple un beau-fils qui est très intelligent, il faut que je le soutienne dans ses études. Il a un très gros QI, n'est-ce pas, je dois l'inscrire dans des écoles de pointe, ce sont des cours privés extrêmement coûteux. Foutaises, jugea Parisy.

Notez par ailleurs, fit valoir Bernie, que mon rôle est délicat. Seconder monsieur Max en toutes circonstances, surveiller son régime alimentaire (Max sourit à ces mots), lui remonter le moral quand il ne se sent pas de jouer, tout ça est une grosse responsabilité. Par ailleurs, représenta-t-il, le pousser tous les soirs sur scène n'est pas toujours facile, parfois il se débat. Monsieur Max est un artiste, résuma Bernie, il se doit à son public, et comprenez que d'une certaine manière tout passe par moi. Non mais je rêve, dit Parisy. Pardonnez-moi, intervint Max, mais je soutiens à fond la revendication du petit. C'est un garçon qui m'est indispensable et je ne réponds plus de rien si je ne l'ai plus. Parisy en nage essora son Kleenex, en rechercha un autre avant de se rappeler qu'il n'en avait plus, usa de sa manche pour essuyer son front. Il faut que je réfléchisse, dit-il, il faut qu'on en reparle. Pourquoi ne pas en parler maintenant ? demanda Bernie. C'est très juste, renchérit Max, pourquoi différer ce débat ? Asseyons-nous, soupira Parisy en faisant surgir de sa poche un petit objet oblong, genre téléphone mobile ou rasoir électrique. Avec joie, dit Bernie pendant que Max vidait son verre en se levant. Bon, dit-il, je vous laisse vous arranger entre vous. Lorsqu'il sortit de sa loge, Parisy venait de presser un bouton sis à l'extrémité de l'objet oblong qui se révéla être un petit ventilateur portatif à piles et dont, jusqu'au bout du couloir, Max entendit décroître le cliquetis de crécelle.

3

Quand Max revint de la salle Pleyel, Alice fit comme si de rien n'était vu qu'elle dormait. Ils occupaient dans le dix-huitième arrondissement, du côté de Château-Rouge, deux étages assez grands pour que chacun d'eux pût y vivre et travailler en toute indépendance, elle en haut lui en bas, sans même se croiser de la journée s'ils n'y tenaient pas.

Max referma silencieusement la porte d'entrée avant de passer dans son studio : un grand piano, un petit bureau et un tout petit frigo comme on en voit dans les chambres d'hôtel, des rayonnages pleins de partitions et un divan. C'est là qu'il passait le plus clair de son temps, relié à l'étage du duplex par un téléphone intérieur, isolé du bruit de la rue par deux fenêtres à double vitrage. Comme tout était phoniquement bien isolé, Max pouvait faire autant de bruit qu'il voulait sans risquer de réveiller Alice et, une fois qu'il eut extrait de quoi boire du frigo, il souleva le cylindre du piano. Posant son verre sur l'instrument, il considéra le clavier. Il n'eût pas été mal de reprendre les deux erreurs d'exécution de la soirée, d'isoler ces passages, les étudier, les démonter comme des petites montres, deux petits mécanismes que l'on pourrait remonter ensuite après avoir trouvé la panne, réparé le rouage défectueux pour la prochaine fois. Mais ce concerto, dans le fond, je l'ai vraiment assez vu. Et puis je suis fatigué.

Autant donc aller prendre une douche, repasser dans le studio, récupérer son verre et l'emporter dans sa chambre. Une fois couché, Max repensa quand même à ses deux fautes, au début du premier mouvement et au deuxième tiers du troisième. C'était sans gravité, ce n'étaient pas de mauvaises fausses notes. Rater une note, rater même un accord ne porte pas à conséquence quand c'est noyé dans un grand geste, dans ces cas-là ça passe tout seul dans le torrent, personne ne le remarque à part moi. Il eût été plus embêtant d'accrocher un passage dans le deuxième mouvement qui est moins dense, plus fragile, plus nu, tout le monde s'en serait aperçu. Mais bon, n'y pense plus. Pense plutôt à Rose un moment, comme chaque soir. Et puis tu as assez bu comme ça, rien ne t'oblige à finir ce verre. Il est tard, éteins la lumière. Bien. Allez, dors, maintenant. Comment ça, ça ne marche pas ? Bon, d'accord, prends ton comprimé. Avec un verre d'eau. J'ai dit : un verre d'eau. Voilà.

Le comprimé fit son effet au bout de vingt minutes, et vingt autres minutes plus tard le sommeil devint paradoxal : pendant une poignée de secondes, un rêve sans intérêt agita l'esprit de Max alors que ses yeux s'agitaient aussi rapidement sous ses paupières. Puis il s'éveilla plus tôt qu'il l'eût souhaité, tenta de se rendormir mais en vain : gardant ses paupières closes sans accéder à une vraie vigilance, il était traversé d'idées absurdes, de raisonnements bancals, d'inventaires sans but et de calculs sans fins, avec de brèves replongées dans le sommeil mais trop brèves.

Allez, debout, maintenant, il est dix heures passées. Allez. Bon, d'accord, pas tout de suite, mais pas au-delà de dix heures et demie. Mais oui, repense à Rose tant que tu veux. Pas sûr que ça te fasse du bien mais c'est ton affaire.

4

Rose est une histoire qui remonte à l'époque du Conservatoire, à Toulouse, il y a quelque chose comme trente ans. En dernière année de classe de violoncelle et d'une beauté surnaturelle, Rose possède une Fiat blanche un peu grande pour elle et dont elle descend chaque jour à la même heure devant la même terrasse de bar où, toujours à la même table, elle ne parle qu'avec un même type barbu à l'air farouche qui n'a pourtant pas l'air d'être son amoureux pour parler vite. Elle est chaque jour plus incroyablement belle même si le seul détail, peut-être, qu'on pourrait objecter réside dans son nez, légèrement trop arqué, mais précisément ce n'en est que mieux : un nez d'impératrice égyptienne, d'aristocrate espagnole ou d'oiseau de proie, bref un nez. Max, pendant toute cette année, s'est arrangé pour être lui aussi chaque jour assis au même moment au même endroit qu'elle mais à une autre table de cette terrasse, ni trop loin ni trop près, d'où il regarde Rose sans oser lui parler – trop bien pour moi trop bien pour moi, mais qu'est-ce qu'ils peuvent se raconter.

Une seule fois que Max s'est risqué à s'installer à une table proche de la jeune femme, elle lui a demandé du feu, ce qui pouvait passer pour un geste d'approche, peut-être même un encouragement mais justement : c'est un tel cliché de geste d'approche, une conduite d'encouragement si convenue qu'elle n'est pas digne de provenir d'une telle beauté surnaturelle, et même il est déshonorant d'avoir pu seulement envisager une pareille hypothèse, oublie tout ça oublie tout ça. Max lui a donc tendu son briquet d'un geste détaché, très soigneusement indifférent, sans que l'étincelle de ce briquet mette le feu au moindre grain de poudre et on s'en est tenu là. Il a ensuite continué de la regarder quand elle-même regarde ailleurs, sans trop se faire voir d'elle, ne la quittant pas des yeux le plus discrètement possible. Croit-il. Puis, l'été venu, Rose envolée vers les vacances et le violoncelle à vie, Max vacant dans Toulouse éteinte est passé prendre un verre à cette même terrasse, également vide, où ne se trouvent que peu de clients, surtout des touristes mais aussi, tiens, le barbu farouche avec qui, faute de mieux, Max s'est mis à discuter.

Assez vite, la conversation a porté sur Rose dont Max, béant, a alors appris que c'était de lui-même, Max, qu'elle parlait perpétuellement au barbu, de lui sans cesse au point que ce barbu devait parfois lui suggérer de changer de disque. Il apparaît que

Rose n'a pas plus osé aborder Max que Max Rose, celle-ci ne s'étant qu'une fois risquée à lui demander du feu. Et pire encore, selon cet informateur, si Rose fréquentait cette terrasse tous les jours, ce n'était que dans l'espoir d'y apercevoir Max, ayant remarqué qu'il y avait ses habitudes. Max, à cette nouvelle, est resté figé, en arrêt, en apnée, ne se rappelant qu'au bout d'une minute que l'homme a besoin de respirer, de reprendre son souffle, spécialement quand il est envahi par une immense envie de pleurer. Mais où est-elle à présent, comment la retrouver, existe-t-il une adresse où la joindre. Ma foi non, lui a répondu l'autre, elle est partie, maintenant, ses études achevées, pour toujours et va savoir où.

Depuis, Max passe une partie de sa vie à croire, espérer, attendre de la rencontrer par hasard. Il n'est pas une journée sans qu'il y pense quelques secondes, quelques minutes ou plus. Or ce n'est pas raisonnable. Trente ans après, Rose réside peut-être à l'autre bout du monde, ayant déjà, d'après l'informateur, quelques dispositions pour ça, ou peut-être même au fond qu'elle est morte, elle n'en avait pas moins, sur ce point, que nous tous.

5

Debout, donc, à dix heures et demie, Max découvrant d'abord son verre à demi plein près de son lit s'en alla le vider dans l'évier puis, nu dans la cuisine, préparer du café.

Il ne ferait sa toilette qu'en fin de journée avant de sortir dans le monde, pour aller jouer ou voir des gens. Il s'habilla d'effets mous et pratiques, assez amples comme un survêtement, vieille chemise en lin beige froissé et pantalon de toile plus très blanche mais il semblait décidément qu'à cette époque tous ses boutons se mettaient à tomber l'un après l'autre, ses chemises ayant vécu le montraient. Deux ou trois fois par semaine ces temps-ci, pour un oui pour un non, lavage ou repassage trop énergiques de la femme de ménage ou de la machine à laver, étirement musculaire, faux mouvement ou chute spontanée, un fil trop usé se défaisait, le bouton quittait sa boutonnière et tombait en feuille morte, fruit mûr ou gland sec, rebondissant et tournoyant longuement sur le sol.

Ensuite c'est tous les jours pareil : après le café, le piano. Il y a bien longtemps que Max ne fait plus d'exercices avant de s'y mettre, les gammes et les arpèges ne lui servant qu'à se délier les doigts avant un concert, comme gymnastique d'assouplissement pour se chauffer doucement les muscles. Il travaille directement sur les pièces qu'il lui faudra bientôt exécuter, fignolant quelques trucs qu'il a inventés, ruses et détours techniques adaptés à tel ou tel obstacle, pendant trois ou quatre heures d'affilée. Il se tient devant son clavier dans un état fébrile d'excitation, de découragement et d'anxiété mêlés, bien qu'au bout d'un certain temps l'anxiété prenne le pas sur les deux autres mouvements et que, d'abord logée au creux du plexus, Max la sente envahir les zones circonvoisines, principalement son estomac de façon de plus en plus oppressante, convulsive et sans espoir, jusqu'à ce que, passant vers treize heures trente du psychique au somatique, cette anxiété se métamorphose en faim.

Dans la cuisine, Max recherchait maintenant des solutions dans le réfrigérateur mais, Alice n'ayant pas fait de courses, il n'y avait rien qui se proposât de façon convaincante d'assouvir solitairement cette faim. Ce qui n'était pas plus mal, manger seul chez soi ne rend pas gai, l'anxiété peut alors reprendre le pas sur l'appétit jusqu'à le détruire, jusqu'à vous empêcher de manger pendant que la faim, de son côté, grandit de plus en plus et c'est terrible. Comme la plupart du temps,

Max sortirait donc déjeuner dans le quartier où le brassage ethnique avait fait naître une prolifération de restaurants africains, tunisiens, laotiens, libanais, indiens, portugais, balkaniques ou chinois. Il y avait aussi un japonais correct qui venait de s'ouvrir à deux rues de là, va pour le japonais, Max enfila une veste et se mit en route. Il sortit de son immeuble, remonta la rue et là, parvenu au carrefour, il tomba sur elle. Non, pas sur Rose. Sur une autre.

Cette autre-là, n'hésitons pas, était aussi une femme surnaturellement belle, pas le même genre que Rose encore que, oui, peut-être y avait-il quelque chose. Max qui l'avait remarquée depuis longtemps ne la connaissait pas, ne lui avait jamais parlé, n'avait jamais échangé nul regard ni sourire avec elle. Bien qu'elle vécût à l'évidence dans le quartier de Max, peut-être dans sa rue, peut-être à quelques mètres, il la croisait irrégulièrement depuis des années, on ne sait pas combien d'années au juste, quelque chose comme huit, dix, douze ans ou même plus, il ne se souvenait pas de la première fois.

Toujours seule, il se pouvait que Max l'aperçût deux fois dans une semaine mais il arrivait aussi qu'il restât plusieurs mois sans la voir. Elle était une grande femme émouvante et brune et douce et tragique et profonde et, une fois énumérés ces adjectifs dont chacun s'appliquait surtout à son sourire et à son regard, Max aurait eu les plus grandes peines du monde à la décrire. Mais ce sourire, ce regard – étroitement connectés l'un à l'autre, comme interdépendants et qui, au grand regret de Max, ne l'avaient jamais comme destinataire, étant réservés à d'autres personnes privilégiées du quartier, également inconnues de lui – n'étaient pas les seuls attributs qui l'intriguaient. C'était aussi, au milieu de cette zone populaire, bruyante, multicolore et dans l'ensemble assez ingrate et fauchée, une extrême élégance dans l'allure de cette femme – dans sa démarche, son maintien, dans le choix de ses vêtements – qu'on ne pouvait imaginer qu'au sein des beaux quartiers calmes et riches, et encore. Anachronique n'était pas le mot, ce serait anatopique le mot mais il n'existe pas encore, du moins à la connaissance de Max pour qui cet être inaccessible était ainsi une variation sur le thème de Rose, une répétition de ce motif. En croisant sa personne, Max tenta de croiser son regard, n'y parvint qu'une fraction de seconde sans indice d'intérêt particulier de sa part et deux cents mètres plus loin se trouvait le japonais. Sushi ou sashimi.

Sashimi, pour changer un peu. Puis il rentra chez lui pour se remettre au piano, n'ayant aucune raison de ressortir. À deux ou trois reprises il dut répondre au téléphone qui sonnait généralement peu et qui, comme Max n'appelait presque jamais personne, sonnait de moins en moins. Vers six heures il entendit Alice rentrer, sans pour autant suspendre son travail : il passerait la fin de l'après-midi à préciser quelques nuances des deux mouvements, *Pressentiment* suivi de *Mort*, de la Sonate 1.X.1905 de Janácek, après quoi il monterait retrouver Alice affairée dans la cuisine. Tiens, dirait-il, du poisson. Oui, répondrait Alice, pourquoi ? Non, rien, dirait Max en mettant la table, j'aime bien le poisson, où as-tu rangé les couverts à poisson ? Puis ils dîneraient ensemble en se racontant plus ou moins leur journée, puis ils passeraient un moment devant la télévision qui diffuserait ce soir-là *Artists and Models* – film déjà vu par Max qui, fatigué, en interrompit le déroulement peu après que Dean Martin eut enduit de crème solaire le dos et les épaules de Dorothy Malone en lui chantant *Innamorata*. Puis, chacun dans sa chambre, ils partiraient se coucher.

6

Une semaine s'étant écoulée depuis le concert de la salle Pleyel, il restait donc à Max une quinzaine de jours à vivre et nous roulions à vive allure de bon matin dans le TGV qui le ramenait à Paris depuis Nantes où, la veille au soir, il s'était donné en spectacle à l'Opéra Graslin avec un programme Fauré. Comme d'habitude, la terreur de ce récital avait à peine eu le temps de s'éteindre dans le corps et l'esprit de Max que, devant la perspective de se produire encore ce soir à la salle Gaveau, une nouvelle épouvante l'étreignait déjà. Pour tenter de la diluer, pour s'occuper un peu, Max quitta sa place et se dirigea vers le bar, déséquilibré par les mouvements du train, s'accrochant aux montants des sièges.

Il y avait très peu de chemin à faire pour accéder au bar, à cette heure-ci presque vide et d'où l'on pouvait regarder le paysage en paix bien que d'épaisses tiges horizontales au milieu des vitrages, incompréhensiblement disposées juste à hauteur des yeux, contraignent à vous pencher ou vous hausser sur la pointe des pieds pour contempler ce paysage, par ailleurs dépourvu d'intérêt. Une fois que Max eut commandé une bière, il retira de sa poche gauche un téléphone sur le clavier duquel il composa un numéro. Allô, décrocha prestement Parisy, j'écoute. Ah c'est vous, alors comment ça s'est passé à Nantes ? Écoutez, pas trop mal, répondit Max, mais la chambre était un pur scandale. Ah oui, dit Parisy préoccupé, je crois que je vois. Mais qu'est-ce qui vous a pris, demanda Max, de me réserver une chambre pour handicapés ?

De fait, lit spécial et toilettes surélevées, barres disposées dans tous les coins pour se maintenir, banc à claire-voie sur la baignoire, fenêtre exposée au nord et commandant un secteur de parking dont les marques au sol désignaient qu'il était, lui aussi, réservé aux handicapés, cette chambre d'aspect clinique n'avait rien pour égayer l'humeur de l'homme seul, et spécialement de l'artiste seul, et particulièrement de l'artiste seul épouvanté. Je sais, reconnut Parisy, je sais, mais vraiment on n'a rien trouvé d'autre. Il devait y avoir ces temps-ci des congrès ou quelque chose à Nantes, tous les hôtels étaient complets. Je veux bien, dit Max, mais quand même. Vous savez, développa Parisy, ça n'a pas que des mauvais côtés, ce genre de chambres, elles sont beaucoup plus grandes que les autres, par exemple. Et, vous avez vu, les portes sont plus larges. Pourquoi plus larges ? demanda Max. Parce qu'il faut qu'il y ait de la place, expliqua Parisy, pour deux fauteuils roulants. Pourquoi deux ? s'étonna Max. Le handicapé a droit à l'amour, rappela Parisy. Je veux bien, répéta Max, mais enfin bon, il n'y avait même pas de minibar. Le handicapé est sobre, fit remarquer froidement Parisy. Ça va, dit Max, ça va. À tout à l'heure. Et puis, ayant vidé sa bière, il fit au bar l'acquisition de trois petites bouteilles d'alcool qu'il fourra dans sa poche droite avant de regagner sa place.

En première classe, section fumeurs, Max disposait d'un fauteuil solitaire dans un arrangement de quatre sièges vides. Une des choses bien, à cette époque, dans le TGV, c'était qu'en voiture 13 la première classe fumeurs jouxtait le bar, ce qui pouvait simplifier les choses. Survenant de chez les non-fumeurs, un homme vint lui demander si l'un de ces fauteuils était libre, précisant qu'il ne resterait pas longtemps, le temps d'une ou deux cigarettes. Mais je vous en prie, dit Max avec un geste hospitalier comme s'il était chez lui. En le remerciant et produisant des cigarettes et un briquet, l'homme jeta un regard un peu trop appuyé sur Max, qui se demanda si l'autre ne l'aurait pas identifié. Après tout, comme on voyait parfois sa tête dans les journaux, dans les revues spécialisées, sur des affiches ou des pochettes de disques, il arrivait qu'on le reconnût et qu'on vînt lui parler – plus souvent, bizarrement, dans les transports en commun qu'ailleurs. Ce n'était jamais désagréable, bien sûr, même si c'était parfois embarrassant mais ce matin-là, dans ce train-là, Max qui trouvait le temps long n'aurait pas détesté un peu de conversation. Or non : sa Marlboro carbonisée, l'autre s'endormit soudain face à lui, bouche ouverte,

Max distinguant nettement un plombage sombre en haut à droite de sa mâchoire. Eh bien ma foi tant pis, c'est toujours comme ça de toute façon. Quand on sait qu'on est un peu connu, c'est toujours un peu plus ou un peu moins connu qu'on ne croit, c'est selon. Qu'est-ce que je pourrais bien faire pour m'occuper ? Haussant des épaules intérieures, ce fut la première des petites bouteilles d'alcool que Max alla chercher dans sa poche.

À l'arrivée du train, bien avant qu'il se fût immobilisé, les passagers s'étaient levés de leurs sièges, emparés de leurs sacs et massés aux environs des portes. Sauf Max qui descendit très lentement de la voiture après tout le monde, et Bernie, qui l'attendait sur le quai 8 de la gare Montparnasse, vit tout de suite que ça n'allait pas bien. Il accourut, s'empara du bras de Max, tâchant de tenir le cap le plus droit vers la sortie de la gare tout en parlant sans cesse, informant le pianiste que la critique du dernier concert à Pleyel avait été unanimement louangeuse (enfin c'est ce qu'on m'a dit, je ne lis jamais le journal), qu'à n'en pas douter Gaveau serait comble ce soir, que les États-Unis avaient appelé en prévision d'une tournée d'un mois, que le cachet proposé par le festival de Fougères était selon Parisy scandaleusement inacceptable et que, l'intégrale Chausson étant très attendue, le Japon insistait pour les dates de réservation des studios Cerumen (ils n'ont vraiment rien trouvé de plus drôle, comme nom ?) ainsi que pas mal d'autres choses encore.

Tout cela, dans les escalators, ne provoquait chez Max que de petits ricanements entendus qui, conjugués à son haleine, ne manquèrent pas d'inquiéter supérieurement Bernie. Au fait, dit Max, comment ça s'est passé l'autre soir avec Parisy ? Tu sais, ton augmentation. Eh bien pas mal, répondit Bernie, mais ça va dépendre un peu de vous. Ne t'inquiète pas, dit Max en trébuchant sur une marche, ça va aller. Si ça ne va pas, on se débarrassera de lui, de toute façon. Ça se change, un impresario. Nous formons, toi et moi, une excellente équipe et Parisy est un crétin. Quand même, objecta Bernie. Tais-toi, commanda Max, il n'entend rien à la musique, il a autant de sens artistique qu'un yaourt. De plus, insista-t-il en ratant une autre marche, il est complètement sourd. Quand même, répéta Bernie en saisissant plus fermement Max par le coude. Mais si, mais si, développa Max, il est si sourd que ses oreilles ne servent qu'à tenir les branches de ses lunettes. Et puis il ne comprend rien à mon projet. Mais de toute façon, généralisa-t-il, personne ne comprend rien à mon projet. Même pas moi.

Comme il était maintenant midi et quelque, après avoir déposé Max chez lui en taxi, Bernie descendait à pied le boulevard Barbès à la recherche d'une quelconque brasserie. L'ayant trouvée, une fois le plat du jour commandé, il gagna le sous-sol de l'établissement où se morfondaient comme toujours le téléphone et les toilettes. Ayant usé de celles-ci, il décrocha celui-là et composa le numéro de Parisy. Alors, s'inquiétait celui-ci, il est comment ? Ça ne va pas trop fort, dit Bernie, j'ai l'impression qu'il n'est pas bien. Quoi, s'exclama Parisy, il est encore bourré ? Déjà, à cette heure-ci ? Il est fatigué, reconnut Bernie, je le trouve bien fatigué. Écoutez, Bernard, dit sèchement Parisy, ça c'est votre affaire, hein, c'est votre responsabilité. Vous vous souvenez de notre arrangement de l'autre jour ? Il va de soi que si le concert est compromis, ça ne tient plus. Faites votre travail, maintenant.

Après que Max eut déjeuné chez lui à Château-Rouge, où Alice avait laissé du poulet froid dans la cuisine, il s'assoupit un moment sur le divan du studio, réveillé en sursaut par le retour de la peur qu'il essaya d'exorciser avec un verre, n'arrivant qu'à la potentialiser. Quand Bernie reparut chez lui en fin d'après-midi, pour l'escorter comme d'habitude avant le concert, Max avait l'air encore moins sûr de lui qu'à la gare et Bernie dut le guider vers sa douche avant de l'aider à s'habiller, puis, au coin de la rue Custine, il héla un taxi dans lequel on s'engouffra. Parc Monceau, annonça Bernie. Mais pourquoi le parc Monceau ? protesta Max, pourquoi tu m'emmènes toujours là ? C'est bien, le parc Monceau, répondit Bernie. C'est pratique, c'est joli, c'est pas mal desservi. C'est à côté de chez moi. Et puis c'est aussi que je n'ai pas beaucoup d'imagination.

Le ciel était gris sombre sur les boulevards qui défilaient, l'air était lourd avec des coups de fraîcheur, de petites gifles intermittentes qui entraient par les vitres baissées du taxi, Max ne cessait d'ouvrir et de refermer son imperméable. Tiens, observa-t-il quand le taxi se fut garé devant les grilles dorées, voilà qu'il pleut. Attendez un instant avant de descendre, avait prévu Bernie, je vais vous abriter. Vous me faites une petite fiche, s'il vous plaît, dit-il au chauffeur avant de contourner la voiture au pas de course, faisant apparaître un parapluie télescopique qu'il déploya au-dessus de Max, celui-ci chancelant en sortant du taxi sous la pluie fine.

Ils entrèrent à nouveau dans le parc. Bernie se contorsionnait un peu pour maintenir Max par un bras en continuant de brandir, au bout de son autre bras, le parapluie parfaitement centré sur le crâne de Max qui protesta : Mais protège-toi un peu, toi aussi. Tu vas être trempé. J'ai mon chapeau, rappela Bernie. Écoute, dit Max, si on passait plutôt prendre un verre chez toi, juste une petite bière, bien au chaud. Non, monsieur Max, dit Bernie d'une voix ferme. Écoute, insista Max, tu sais que la pluie ça n'est pas bon du tout pour mes mains. Ça me tue les doigts, je me gèle, je sens venir ma petite arthrose, je la sens qui vient. Je ne vais pas pouvoir jouer dans ces conditions. Monsieur Max, gémit Bernie désespérément. Sentant l'autre faiblir, Max plongea la main dans une poche de son imperméable, en retira une des petites bouteilles achetées dans le TGV, la brandit d'un air menaçant comme une grenade offensive. Regarde, dit-il, si c'est cela que tu crains, je l'ai sur moi de toute façon. Ça ne peut que me réchauffer. Alors voilà, c'est simple, ou bien une bière chez toi ou bien je bois ça ici même. Tu trouves que ce serait mieux ? Ce n'est pas bien, capitula Bernie, ce n'est pas bien. Mais qu'est-ce qui n'est pas bien ? s'étonna Max. Où est le mal ? Et puis c'est où, déjà, chez toi, au juste ? Rue Murillo, dit Bernie d'une voix morne, c'est par là. Je vois très bien,

dit Max. Eh bien dis donc, ricana-t-il désagréable-
ment, tu es dans les beaux quartiers, toi. C'est tout
petit, protesta mollement Bernie, c'est au dernier
étage, juste la place pour mon beau-fils et moi. Je
tiens ça de ma famille. Allons-y, dit Max. Résigné,
Bernie suivit Max plus qu'il ne le précéda vers
le portail sud du parc, prenant quand même
soin d'éviter, par principe, le monument dédié à
Chopin – où l'on voit celui-ci, sculpté en pleine
action à son piano, martelant on ne sait quelle
mazurka pendant que l'inévitable jeune femme
assise au-dessous de l'instrument, les cheveux
recouverts d'un voile et curieusement dotée de très
grands pieds, à l'évidence très concentrée, se cou-
vre les yeux d'une main sous l'emprise de l'extase
– Putain mais c'est pas vrai comme c'est beau,
cette musique – ou de l'exaspération – Putain mais
c'est pas vrai comme j'en peux plus, de ce mec.
  Le 4 rue Murillo est en effet un assez bel immeuble mais le logement de Bernie y consistait en trois
chambres de bonne, réunies et donnant sur la
cour. Bernie fit entrer Max dans la pièce principale
cumulant les fonctions de salon, de cuisine et de
salle à manger, et qui contenait également son lit.
Par une porte ouverte, Max aperçut du matériel
informatique perfectionné dans la chambre du
beau-fils très intelligent qui paraissait absent. Bernie, comme convenu, servit à Max une bière dans
laquelle, à sa consternation, l'autre vida une bonne
moitié de l'alcool exhibé au parc. Puis le petit
homme tenta comme d'habitude de distraire le
pianiste, de lui faire oublier l'échéance du concert,
cherchant des arguments et des idées avec d'autant

plus de peine que l'ébriété de Max s'aggravait au fil des minutes – bien que, seul fait positif, elle parût adoucir son trac.

Et vers sept heures et demie, l'un soutenant l'autre tant bien que mal, ils descendaient doucement l'avenue de Messine en direction de la salle Gaveau. Et à huit heures pile, après bien des soucis pour faire tenir Max debout, Bernie le propulsa vers le piano selon sa technique habituelle. De manière imprévisible, l'autre marcha d'un pas ferme vers l'instrument bien que, dans sa vision troublée par l'imprégnation, le clavier ne fût plus comme d'habitude un simple maxillaire mais une authentique paire de mâchoires qui s'apprêtaient cette fois, le plus sérieusement du monde, à l'absorber pour le disloquer en le mastiquant. Or comme, à peine apparut-il sur scène, la salle entière se dressait pour l'acclamer, interminable Niagara d'applaudissements, plus vif encore que la semaine dernière, comme l'ovation plus enthousiaste que jamais se prolongeait sans faiblir, Max qui n'avait plus toute sa tête crut pouvoir en déduire que le concert était fini. Il salua donc profondément le public à plusieurs reprises avant de retourner d'un pas non moins ferme vers la coulisse sous le regard horrifié de Parisy – mais, ni une ni deux, Bernie reprit aussitôt Max par les épaules et le retourna sur lui-même et, d'une robuste poussée, le renvoya vigoureusement sur scène et allez : sonate.

Bien joué, Bernard, dit Parisy, vous avez été bon. Vous avez été vraiment bon. Ce n'est pas tous les jours facile, vous savez, fit observer Bernie. C'est quand même un métier très physique.

7

Deux heures plus tard, dégrisé par l'épreuve du concert, le cœur en paix mais l'esprit vide, Max Delmarc somnolait à l'arrière d'un taxi. Comme celui-ci finit par s'arrêter, Max ouvrant l'œil reconnut son immeuble avant d'apercevoir, devant le portail, un très gros chien immobile qui regardait fixement dans sa direction. Une fois le chauffeur payé, le chien continua d'observer Max en train de descendre du taxi : c'était une bête vraiment volumineuse, de format terre-neuve ou mastiff, d'apparence pacifique et bonasse et qui finit par s'en aller, tiré par une longue laisse dont le regard de Max suivit en travelling le fil tendu pour aboutir à une personne de sexe féminin, envisagée de dos. Or même de dos, même de loin, même sous un réverbère en panne sur deux, Max n'eut aucun mal à reconnaître la femme surnaturellement belle qu'il lui arrivait de croiser dans le quartier. Voici qu'elle s'éloignait à présent, suivie de son animal, vers le square de la Villette. À une heure pareille.

Max n'est vraiment pas du genre qui aborde les inconnues dans la rue, surtout à une heure pareille. C'est une question de principe, bien sûr, mais pas seulement : le voudrait-il qu'il en serait incapable. Pourtant, était-ce un effet retard de tout l'alcool de la journée, sans doute mais peut-être pas seulement, le voilà qui se mit à suivre cette femme dans la ferme intention de lui parler. Il ne savait nullement ce qu'il allait lui dire, ne s'en inquiétait pas, ne s'étonnait même pas de ne pas s'en inquiéter, il trouverait au dernier moment. Hélas en arrivant à sa hauteur, soudain surpris de l'entendre parler toute seule, il s'aperçut qu'elle s'entretenait avec un téléphone mobile. Pas question de l'aborder dans ces conditions, aussi la dépassa-t-il d'un pas vif comme si de rien n'était, sans se retourner ni bien savoir où il allait, bien obligé de faire semblant d'y aller, improvisant un objectif qui serait justement le square de la Villette, à trois angles de là. Peu de monde à cette heure-ci dans les petites rues du quartier : le bruit de ses pas sonnait trop fort, semblait se répercuter contre les façades sombres et, comme il rendait gauche sa démarche, Max mal à l'aise s'imagina vu de dos. Puis, arrivé au square, son plan très simple était fixé : il allait rebrousser chemin pour croiser cette personne et cette fois il lui parlerait, toujours aucune idée de ce qu'il pourrait lui dire mais ce point, curieusement, lui semblait négligeable.

Donc, arrivé au square, il revint sur ses pas, l'aperçut de loin qui venait vers lui, le chien marchant cette fois devant sa maîtresse indistincte à l'état de silhouette. Comme celle-ci se précisait vite, force étant de constater qu'elle discutait toujours dans son petit téléphone, Max ne put que s'abstenir à nouveau de l'aborder. Tête baissée, considérant le bout de ses chaussures, il la croisa le plus vite possible avant de filer se réfugier chez lui – elle a dû remarquer mon petit numéro, au pire j'ai l'air cinglé, au mieux j'ai l'air idiot, dans tous les cas c'est complètement foutu. Il poussa le portail de l'immeuble après avoir enregistré sans s'y arrêter qu'il y avait encore de la lumière dans la chambre d'Alice puis, arrivé chez lui, il jeta son imperméable en vrac sur le divan du studio, sans s'y attarder un peu comme d'habitude, passant directement dans sa chambre où il ôta ses vêtements avec rage pour aller se coucher avec rage. Mais, après un instant d'immobilité, voici qu'il les renfile à toute vitesse et peut-être à l'envers, retraverse le studio en sens inverse et ressort précipitamment. Elle a dû rentrer chez elle mais on ne sait jamais, toujours aucune idée de ce que je pourrais lui raconter mais au fond qu'est-ce que je risque. Et qu'est-ce que je vois : elle est là. Elle est là, le chien est là, ils sont là.

Max s'approcha, déterminé. Le chien se remit à le regarder sans agressivité, sans émettre aucun grondement ni montrer la moitié d'une dent, semblant aussi gentil qu'il était gros – je vous demande un peu à quoi ça sert, des chiens pareils. Elle aussi regardait Max venir, l'air à peine étonné, sans froncer l'ombre d'un sourcil ni brandir le moindre spray d'autodéfense à l'extrait de poivre naturel.

Ne craignez rien, bafouilla Max trop vite, j'en ai pour une seconde, voilà. Je vous croise depuis longtemps dans la rue. C'est vrai, sourit-elle. C'est bon, se dit Max, elle m'a repéré, c'est déjà ça. Et je, dit Max, voilà, je voulais juste savoir qui vous êtes. Gonflé, le type.

Eh bien, sourit-elle, j'habite au 55 et vous voyez, je sors mon chien (je suis moi-même au 59, calcula Max). Généralement ce sont mes enfants (aïe, se dit Max) qui le sortent mais ce soir ils ne sont pas là. Silence et nouveau sourire. Il était largement temps de conclure sous peine de passer pour un. Max, qui ne veut surtout pas passer pour un, s'inclina légèrement, souriant à son tour du mieux qu'il pouvait. Eh bien, dit-il, je vous souhaite une excellente nuit.

Traversant à nouveau la cour, Max aperçut encore la lumière chez Alice mais il s'abstint d'aller lui dire bonsoir. Il venait souvent la voir, pourtant, après le concert, lui raconter comment les choses s'étaient passées, et toi, ta journée, tout ça, mais ce soir non, pas possible. Il n'aurait pas pu s'empêcher de raconter ce qui venait de se passer, s'était assez ridiculisé comme ça, puis il se sentait un peu trop énervé. Donc il tourna un moment dans le studio, se servit tout naturellement un dernier verre, souleva le cylindre du piano pour aussitôt le rabattre, feuilleta un journal sans le lire et finit par aller se coucher : longue pensée pour la femme au chien, à peine une toute petite pensée pour Rose, mon somnifère et puis bonsoir.

8

Les jours suivants, Max rencontra la femme au chien à un rythme inaccoutumé, beaucoup plus soutenu que toutes ces dernières années. Après leur brève entrevue de l'autre soir, il fallait bien se saluer, maintenant, et même se sourire puisque leur bref échange s'était déroulé dans une parfaite civilité. Ces sourires, cependant, se révélèrent d'amplitudes et de modèles variables. Un soir qu'il l'aperçut plus élégante encore que d'habitude – or pour être élégante à ce point, sans doute se rendait-elle à une soirée, et va savoir avec qui, et on peut se demander si Max ne commencerait pas à être jaloux, tout va si vite dans ce genre d'histoires –, elle lui adressa un sourire amusé, presque complice ou seulement indulgent et qui eut même l'air de se prolonger, paraissait-il, après qu'elle lui eut tourné le dos, ce qui fit Max se sentir ridicule, puis flatté, puis ridicule de se sentir flatté.

Une autre fois, fin de matinée, il la vit venir de l'autre bout de la rue, vêtue d'une tenue de jogging – tenue de jogging Hermès, bien sûr, mais bon, tenue de jogging – et tirant après elle un Caddie – Caddie de chez Conran, d'accord, mais enfin Caddie. Elle était ce matin-là moins maquillée que d'habitude, moins coiffée, moins victorieuse et cambrée, elle devait simplement revenir de faire ses courses et ne pas beaucoup aimer qu'on la surprît ainsi car son sourire, infime cette fois, parut à Max nettement plus frais. Un autre jour encore, il l'aperçut devant le 55 en train d'essayer de garer sa voiture sous la pluie – une petite Audi noire, nota Max – dans un espace un peu juste pour le gabarit du véhicule. Toute retournée sur son siège vers la vitre arrière de l'Audi, apparemment en plein effort, son sourire adressé à Max était cette fois d'une nuance plus complice vu la difficulté de l'entreprise – un de ces sourires qui font doucement lever les yeux au ciel, qui vous prennent à témoin des petites difficultés de la vie, surtout qu'en plus il pleut et que ce mouvement de lèvres est encore adouci par la buée et les reflets mobiles des vitres ruisselantes. Max, qui ne possédait pas de voiture, qui ne savait pas jusque-là que cette femme en avait une, apprit sur-le-champ par cœur son numéro d'immatriculation. Dans tous ces cas de figure on ne voyait plus le chien et, à chacune de ces occasions, Max eut à cœur de se montrer le plus discret possible, de répondre à ces sourires avec une réserve courtoise, un demi-ton juste au-dessous, bref de se comporter en parfait gentleman. Toujours ne prendre aucun risque de passer pour un.

Le jour de ce sourire connivent, Max devait recevoir la visite de Parisy. C'était la première fois que l'impresario se rendait à son domicile, soucieux de s'assurer du bon moral de l'interprète avant l'enregistrement d'un concert à la télévision. Orchestre prestigieux, solistes exceptionnels, conditions du direct dans un studio de Radio-France et petit public sur invitations, mais la diffusion se déroulerait en différé, en toute fin de soirée sur une chaîne culturelle. Si Parisy, vêtu ce jour-là d'un costume sombre supposé absorber et camoufler la sueur, venait sous le prétexte de jeter un dernier coup d'œil sur les partitions, de régler quelques points techniques, il tenait en fait à s'assurer que Max, comme d'habitude nerveux depuis quelques jours dans cette perspective, n'allait pas se dissiper outre mesure en attendant l'heure du concert. L'impresario déléguait d'ordinaire ce travail de surveillance, mais l'affaire était cette fois trop importante pour être supervisée par le seul Bernie. Max se montrait cependant assez distrait, tendant à s'embrouiller entre les chiffres gravés sur la plaque de l'Audi et les numéros de mesures des partitions. Vous n'avez pas un peu soif, dit Max, vous ne voulez pas boire quelque chose ? Écoutez, commença Parisy, j'aime mieux vous dire tout de suite que j'aimerais mieux que. Pas de souci, l'interrompit Max, pas d'alcool aujourd'hui, ne vous inquiétez pas. Je ne sais même pas ce qui me prend, d'ailleurs, je n'en ai pas très envie. Un café ? Bien volontiers, dit l'autre.

Par le téléphone intérieur, Max pria donc Alice de préparer un peu de café, lui proposant de passer ensuite le prendre avec eux. Puis, refermant la partition, il se laissa tomber en bâillant sur le divan. Ça va ? s'inquiéta Parisy, pas trop nerveux ? Bizarrement non, dit Max. La télé, ça ne me fait pas le même effet que les salles. De toute façon ce n'est pas en direct, rappela Parisy, vous n'avez pas à vous en faire. À la limite on pourra toujours reprendre un passage si ça cloche. Oui oui, dit Max en se relevant pour aller jeter quelques regards maussades par la fenêtre du studio. Sous les effets conjugués de la pluie et du vent, rien ni personne à signaler dans la rue, sauf que l'on pratiquait comme d'habitude 25 % sur les rouleaux de linoléum alignés sur le trottoir, que le néon vert d'une croix de pharmacie clignotait comme toujours et qu'à la friperie voisine tout était à dix francs comme avant. Sur ce parut Alice qui portait un plateau.

Presque aussi grande, encore plus mince et deux ans de moins que Max, des cheveux aussi blancs que lui, d'une légère disgrâce à peine maquillée, juste ornée d'une fine chaîne en or autour du cou, Alice portait un ensemble gris clair très léger, très flottant, très neutralisant. Ayant posé le plateau sur une chaise près du divan, elle s'approcha en souriant de Parisy qui se leva brusquement de son fauteuil pour s'incliner avec raideur avant de se redresser. La considérant gravement, il avait l'air impressionné au point de se mettre à bafouiller et transpirer outre mesure dès qu'elle lui eut adressé un mot. Max considérait avec surprise l'impresario, peu habitué à ce qu'Alice produise un tel effet sur un homme, mais amusé de voir celui-ci déstabilisé. Comme Parisy, pour se reprendre, s'efforçait d'émettre un bon mot, Alice éclata de rire aussitôt. Comme certaines femmes pas très jolies, il lui en fallait très peu pour provoquer son hilarité, aussi riait-elle un peu trop souvent bien que son rire sonnât rauquement comme un cri de rage ou de souffrance, comme si rire lui faisait mal, comme si elle essayait d'expulser quelque chose avec difficulté.

Parisy, cependant, n'eut pas l'air choqué par ce rire autant que Max qui, d'ordinaire, le supportait si mal qu'il s'abstenait soigneusement de prononcer devant elle la moindre chose drôle – sauf qu'une chose pas drôle du tout pouvait tout aussi bien la faire éclater de rire quand même, provoquant d'autres rires en chaîne, en ricochet, de plus en plus inextinguibles et frénétiques dès que l'on tentait, par des mesures autoritaires, d'endiguer ce processus. Max, en tout cas, décida de préciser la situation. Eh bien voilà, dit-il, je vous présente ma sœur. Je ne crois pas que vous vous connaissiez.

9

Vous, je vous connais, par contre, je vous vois d'ici. Vous imaginiez que Max était encore un de ces hommes à femmes, un de ces bons vieux séducteurs, bien sympathiques mais un petit peu lassants. Avec Alice, puis Rose, et maintenant la femme au chien, ces histoires vous laissaient supposer un profil d'homme couvert d'aventures amoureuses. Vous trouviez ce profil convenu, vous n'aviez pas tort. Eh bien pas du tout. La preuve, c'est que des trois femmes dont il a été question jusqu'ici dans la vie de cet artiste, l'une est donc sa sœur, l'autre un souvenir, la troisième une apparition et c'est tout. Il n'y en a pas d'autres, vous aviez tort de vous inquiéter, reprenons.

Après qu'on eut pris son café, que Parisy n'eut pas quitté Alice des yeux jusqu'à ce qu'elle se fût retirée, qu'il eut alors fait observer que l'heure avançait, qu'il était temps d'y aller, que sa voiture était garée rue de Clignancourt, Max s'en fut revêtir son uniforme de pianiste. Et, là encore, bien qu'il procédât sans nervosité, et même avec un calme inhabituel, deux nouveaux boutons décidèrent de déserter son vêtement, l'un courant se réfugier sous un meuble, l'autre prenant le maquis dans une fente du parquet. Ce devait être une saison dans la vie des habits de Max, quelque automne de sa garde-robe. Mais on était à présent trop pressés pour procéder à de longues recherches, Alice convoquée fit valoir qu'elle n'aurait pas le temps d'intervenir, Max dut troquer sa chemise de smoking contre un modèle plus ordinaire. C'était contrariant mais on ferait avec, et l'on partit en hâte dans la Volvo de Parisy vers le 16e arrondissement qui, partant de Château-Rouge, est pratiquement à l'autre bout de Paris, l'équivalent de la Nouvelle-Zélande intra-muros.

Temps pourri, proféra Parisy, on va tâcher d'éviter le centre. La pluie, en effet, n'ayant pas cessé, ne manquerait sans doute pas de produire comme d'habitude une coagulation d'encombrements. Pour éviter de perdre du temps en traversant Paris congestionné, on convint d'emprunter les boulevards des maréchaux.

On suivit d'abord la rue de Clignancourt rectiligne, prit à droite dans la rue Championnet pour rejoindre celle des Poissonniers avant d'accéder aux boulevards extérieurs dont les trottoirs étaient sporadiquement peuplés de très jeunes femmes nigérianes, lituaniennes, ghanéennes, moldaves, sénégalaises, slovaques, albanaises ou ivoiriennes. Court vêtues sous leur parapluie, elles étaient à peu près sans cesse observées par quatre catégories d'hommes : premièrement les proxénètes bulgares ou turcs installés çà et là non loin, bien au chaud dans de grosses cylindrées, après leur avoir fait les recommandations d'usage (Pas moins de trente passes par jour, au-dessous de vingt-cinq on te casse une jambe) ; deuxièmement les clients à l'intention desquels, jour et nuit, elles déclamaient sur tous les tons le même alexandrin parfait, classiquement balancé avec césure à l'hémistiche (C'est quinze euros la pipe et trente euros l'amour) ; troisièmement les forces de l'ordre qui se présentaient, elles, surtout la nuit mais pas trop méchamment (Bonjour bonjour, c'est la police, vous avez des papiers d'identité ? Non, aucun document ? Même pas de photocopie ?) ; sans parler, quatrièmement, des équipes de télévision veillant à ce que, lors de la diffusion du millième reportage sur ce thème en deuxième partie de soirée, conformément à la loi sur la protection de l'image des personnes, les visages de ces travailleuses paraîtraient dûment floutés à l'écran. Ces jeunes femmes, ces jeunes filles qui n'avaient pas souvent dix-huit ans commencèrent à se raréfier dès le boulevard Suchet, puis il n'y en avait plus du tout rue de Boulainvilliers, le long de laquelle l'automobile de Parisy se laissa glisser jusqu'à la Maison de la Radio.

L'enregistrement devait avoir lieu à dix-huit heures, mais il faudrait un peu de temps pour se familiariser avec le studio, négocier avec les éclairagistes et les ingénieurs du son, revoir encore deux ou trois points avec l'orchestre bien que tout fût mis en place après plusieurs semaines de répétitions. Puis on passerait au maquillage, défilant par groupes de trois dans les fauteuils, devant les miroirs, sous les mains de spécialistes assez souvent jolies et qui officiaient avec une attentive indifférence. On ne maquillerait d'ailleurs que les solistes et le chef d'orchestre, le gros de la troupe demeurant à l'état de nature, avec juste un petit coup de poudre approprié pour les mélancoliques et les sanguins. Bien qu'un espace minimum fût nécessaire pour contenir l'orchestre, le studio était quand même beaucoup plus exigu qu'il n'en aurait l'air sur l'écran, mais c'est aussi toujours la même histoire avec la télévision : espace, écran, idées, projets, tout y est plus petit que dans le monde normal.

Après que des voix surgies de nulle part eurent énoncé le compte à rebours, le concert pouvait commencer. Le chef d'orchestre était assez exaspérant, tout en rictus maniérés, mouvements onctueux et enveloppants, petits signes codés adressés aux différentes catégories d'exécutants, doigt sur les lèvres et déhanchements hors de propos. Du coup, les instrumentistes se mirent à faire eux aussi les malins : profitant d'un détour de partition qui lui permettait de briller un peu, d'émerger de la masse le temps de quelques mesures, un hautboïste manifesta une concentration extrême, la surjouant même pour avoir droit à un gros plan. À la faveur de quelques phrases en relief qui leur étaient allouées, deux cors anglais firent eux aussi leur numéro un peu plus tard. Et Max, qui avait très vite perdu le peu de trac qui le tenait ce jour-là et qui commençait même à s'ennuyer un peu, se mit lui-même à faire des mines de pianiste à son tour, lancer des regards habités, rentrer sa tête excessivement dans ses épaules ou se cambrer outre mesure selon le tempo, sourire à l'instrument, à l'œuvre, à l'essence même de la musique et à lui-même, il faut bien s'occuper un peu.

Puis, tout cela emballé, il était temps de rentrer. Profitant de ce qu'on pouvait lui trouver pour une fois bonne mine, Max prit le parti de ne pas se faire démaquiller. Parisy s'étant excusé de ne pas pouvoir le raccompagner, il s'en alla à pied, la pluie s'était calmée, il traversa le pont de Grenelle jusqu'à l'allée des Cygnes, fragment d'épine dorsale du fleuve meublé de bancs et d'arbres et qu'il longea jusqu'au pont de Bir-Hakeim, par lequel il rejoignit la station Passy, son projet étant d'emprunter la ligne 6 du réseau métropolitain pour changer à Étoile et, de là, regagner Barbès. Elle est très jolie, la station Passy, elle est très aérée, très chic, surplombée de hauts immeubles aussi distingués que des vaisseaux amiraux, si beaux qu'ils ont l'air vides et strictement décoratifs. Max y attendit en paix que le métro se présentât.

Alors qu'il arrivait, se vidant et s'emplissant de quelques usagers, une autre rame arriva elle aussi en sens inverse, dans la direction de la Nation, s'arrêta, fit comme l'autre un peu de vide et de plein. Et Max, une fois monté, debout contre une porte vitrée, qui vit-il, du moins crut-il voir dans la voiture d'en face, juste à la hauteur de la sienne qui s'apprêtait à repartir ? Rose, bien sûr.

Rose, vêtue d'un tailleur gris foncé sous un imperméable beige clair, assez plissé, apparemment léger, taillé dans ce que l'on doit appeler de la popeline souple et serré à la ceinture. Max ne lui connaissait pas ce vêtement, bien sûr, mais à part ça, trente ans après, elle n'avait pas l'air tellement changée.

10

Urgence. Bien que le signal sonore vînt de se déclencher, Max se rua périlleusement hors de la voiture : il en bondit de profil, à l'égyptienne, pour éviter les portes qui heurtèrent brièvement ses épaules en se refermant avant qu'il rebondît sur le quai. De là, il essaya encore de distinguer Rose, à travers les vitrages superposés des deux rames dont l'une, la sienne, venait de s'ébranler vers l'Étoile. Elle laissa l'autre un instant mieux visible avant que celle-ci démarrât direction Nation deux secondes plus tard, et sans que Max pût vérifier qu'elle contenait effectivement Rose. Il n'était pas tout à fait certain que ce fût elle mais, l'espace d'un instant, la ressemblance lui avait paru évidente : une ressemblance vêtue de cet imperméable dans lequel Max, s'il ne l'avait donc jamais vu, reconnaissait bien là ce qu'il avait cru deviner des goûts vestimentaires de Rose, dans le temps.

Rien n'est sûr, donc, mais on ne sait jamais : Max se mit à courir le long du quai vers les couloirs de correspondance, avalant quatre à quatre les escaliers pour rejoindre le quai adverse où il attendit l'arrivée de la rame suivante. Ce qui lui prit un temps fou. L'entreprise est absurde. On ne suit pas un métro. Mais au fond pourquoi pas. En attendant, pour accélérer le temps, il relut fiévreusement le règlement intérieur du métro – vérifiant que parmi les cinq catégories d'usagers pour lesquels c'est gratuit figuraient bien toujours, quoique en dernier, les amputés des deux mains non accompagnés. La rame arriva, Max monta dedans. Bien que cette rame fût très riche en sièges inoccupés, Max resta debout, se postant contre une porte par la vitre de laquelle il pourrait inspecter les quais des stations à venir. Dès qu'on eut quitté Passy par le pont de Bir-Hakeim, il lui fut d'abord loisible d'examiner la Seine après quoi, entre les stations successives, il put aussi considérer la ville.

C'est que cette ligne Étoile-Nation, qui assure la jonction entre quartiers chic et populaires – quoique ces adjectifs, se brouillant jusqu'à se grimper l'un sur l'autre au point de se prendre l'un pour l'autre, ne soient plus ce qu'ils étaient –, est aérienne en grande partie : elle bénéficie comme aucune autre de la lumière du jour, dont profite près d'une station sur deux. Elle sort sans cesse de terre pour s'y renfoncer en sinusoïde, serpent de mer ou montagne russe, train fantôme ou coït.

Mais déjà, sur le quai de Bir-Hakeim, premier arrêt après que l'on a franchi le fleuve, nulle trace d'imperméable beige. À Dupleix, station claire et blanche sous son ciel de verre à double pente, aucune touche de beige non plus et, alors que l'on se mettait à rouler fort près des immeubles, à hauteur des cuisines et des salles de bains, des salons et des chambres, chambres d'hôtel incluses où, comme la fin du jour s'annonçait, les lumières électriques menaçaient de s'allumer, Max commença de penser que son entreprise était hautement douteuse. Bien que les fenêtres fussent très souvent masquées par des voilages, des rideaux ou des stores, il distinguait fugitivement des scènes dans les appartements. Trois hommes assis autour d'une table. Un enfant sous un lampadaire. Une femme passant d'une pièce à l'autre. Un chat, peut-être un chien couché sur un coussin. Après qu'il n'eut trouvé la moindre trace de Rose à La Motte-Picquet-Grenelle, Max se mit à douter de plus en plus de l'issue de son projet. Il en eût presque été à renoncer mais non, il poursuivit. Ça ou autre chose.

Peu à peu, il ne considéra plus que d'un œil distrait les quais des stations qui défilaient. C'est entre elles qu'il inventoria plutôt les objets et les personnes ornant les balcons, les terrasses que le métro longeait en contrebas – linge étendu sur fil ou sur séchoir, vélos rangés contre un volet baissé, Caddies, poussettes et machines à laver hors d'usage, cartons d'emballage ayant pris l'eau, fauteuils de jardin, tapis, échelles, escabeaux, plantes vertes et bacs à fleurs où le géranium se taillait la part du lion, vieux jouets cassés, bassines, cuvettes et seaux en plastique d'où surgissaient obliquement de longs manches à balai. Sans parler, des mois après la fin de l'année, des vieux arbres de Noël dont ne restait plus qu'une arête rousse, ni des antennes paraboliques, toutes orientées dans la même direction comme des champs verticaux de tournesols, ni de quelques femmes inoccupées, plus ou moins habillées, accoudées aux barres d'appui et qui regardaient passer le métro aérien plein de types seuls comme Max, qui les regardaient en retour.

Passé Pasteur, Max ayant perdu tout espoir quant à Rose et fini par s'asseoir sur un strapontin ne projetait plus que des coups d'œil absents sur les quais. Tant que le métro restait aérien, il observait le paysage et, quand on plongeait sous terre, il considérait les deux hommes assis sur les strapontins d'en face, mais à cet égard rien de bien gai : l'un, une valise à ses pieds, présentait une plaie au cuir chevelu ; l'autre, au visage éteint, consultait une brochure intitulée *L'Aide au recouvrement des pensions alimentaires*. Max préféra vite regarder son ticket.

Comme il ne se passe pas grand-chose dans cette scène, on pourrait l'occuper en parlant de ce ticket. C'est qu'il y aurait pas mal de choses à dire sur ces tickets, sur leurs usages annexes – cure-dents, cure-ongles ou coupe-papier, plectre ou médiator, marque-page et ramasse-miettes, cale ou cylindre pour produits stupéfiants, paravent de maison de poupée, microcarnet de notes, souvenir, support de numéro de téléphone que vous gribouillez pour une fille en cas d'urgence – et leurs divers destins – pliés en deux ou en quatre dans le sens de la longueur et susceptibles alors d'être glissés sous une alliance, une chevalière, un bracelet-montre, pliés en six et jusqu'en huit en accordéon, déchirés en confettis, épluchés en spirale comme une pomme, puis jetés dans les corbeilles du réseau, sur le sol du réseau, entre les rails du réseau, puis jetés hors du réseau, dans le caniveau, dans la rue, chez soi pour jouer à pile ou face : face magnétisée, pile section urbaine –, mais ce n'est peut-être pas le moment de développer tout cela.

Quand le métro redevenait aérien, Max aurait aussi pu s'intéresser aux viaducs que l'on empruntait, chers bons et beaux viaducs, chère vieille architecture de fer intelligente et digne, et puis non : comme son projet de poursuite se défaisait à vue d'œil, vite fané comme un coquelicot, voici qu'il descendit du métro à la station Nationale. Puis comme il n'avait plus rien à faire il se mit à marcher, sans imagination, suivant toujours la ligne 6 mais à l'air libre, en arpentant l'espace barbare, sommaire et mal aménagé, qui se prolonge au-dessous de ces viaducs comme une piste. Là se tiennent parfois des marchés, des brocantes ou des étals divers, de petits terrains de basket, mais c'est surtout un lieu de stationnement plus ou moins anarchique de voitures : froid chemin étroit, no man's land où jamais l'on ne se risque, sous le bruit de ferraille épineuse des convois, sans une vague inquiétude. Max marcha donc en suivant ce parcours jusqu'à la Seine, la refranchit dans l'autre sens que tout à l'heure puis continua jusqu'à Bel-Air où, fatigué, il remonta dans le métro suivant.

11

Bel-Air est une station aérienne isolée entre deux tunnels, une île qui surplomberait en oasis la rue du Sahel dépeuplée. Soutenus par deux rangs de cinq colonnes, des auvents de bois peint que des marquises prolongent abritent ses quais. Ceux-ci ont l'air plus courts que dans les autres stations et, plus généralement, Bel-Air paraît humble. On dirait une station de village, cousine provinciale ou sœur mal aimée de George-V.

On aurait à première vue peu de raisons de s'appesantir sur cette station sauf que c'est là, contre toute vraisemblance, que Max a cru reconnaître à nouveau Rose. Et ça s'est passé comme ça. Max arrivait sur le quai désert, direction Nation, quand une rame s'est présentée qui venait en sens inverse, vers Étoile – ces histoires de rames, ça n'en finit pas. Des passagers sont descendus, presque aucun n'est monté puis la rame s'est éloignée. Max a distraitement posé son regard sur les voyageurs se dirigeant vers la sortie du quai avant de disparaître dans l'escalier. Or parmi eux, de dos, trois quarts dos, on aurait bien dit que c'était encore elle, à ceci près qu'elle était cette fois vêtue d'un pantalon marine et d'un blouson pomme zippé, quelque chose comme ça, pas eu le temps de bien voir, tout s'est encore passé en peu de secondes. Cependant Max n'a pas pris le temps de raisonner, de juger anormal que Rose descendît d'une rame dans ce sens alors que lui, moins d'une heure avant, entreprenait de la poursuivre dans l'autre – d'autant plus qu'elle n'était même pas habillée pareil. Ni l'espace ni le temps ni les vêtements ne collaient mais tant pis, allons-y. Courons.

Il se mit à courir sous les vingt-quatre paires de néons sans protection qui lui arrivaient juste au-dessus des cheveux, il courut en longeant les accessoires classiques des quais du métro, écrans de contrôle, extincteurs, sièges en plastique, miroirs et pictogrammes prévenant des dangers de l'électrocution, poubelles – quatre poubelles direction Étoile alors que seulement deux direction Nation, pourquoi ? Jetterait-on moins quand on revient des beaux quartiers ? Max n'eut pas le temps de se poser cette question mais quand même, en ressortant du métro, l'idée l'effleura qu'il venait de dépenser un ticket pour rien.

Quand il se retrouva rue du Sahel, à nouveau rien en vue, ni à gauche ni à droite. Il décida d'emprunter, en marge de la station, une passerelle enjambant les voies protégées par une grille où reposaient des conditionnements vides et plus ou moins cabossés (Orangina, Cola, Yoplait), six cailloux, un litre étoilé brisé, une paire d'espadrilles bleu pétrole inutilisables, une petite pelle en plastique vert pour bac à sable et tout autour c'était le silence, le grand silence, le célèbre silence du 12ᵉ arrondissement.

Et dans ce silence, rien ni personne à perte de vue. Bien. Analysons la situation. De quatre choses l'une. Soit c'était, à Passy, Rose en imperméable beige. Soit c'était, à Bel-Air, Rose en blouson vert. Soit c'était Rose dans les deux cas, s'étant changée en moins d'une heure pour emprunter le métro dans deux sens différents, ce qui était très peu vraisemblable. Soit ce n'était elle dans aucun cas, ce qui n'était que trop vraisemblable. Allez, laisse tomber. Rentre chez toi. Reprends le métro, replonge sous terre. C'est ça, rachète un ticket. Et ne fais pas cette tête.

Et tout le temps que durerait son long retour, quatorze stations et deux changements, le métro lui paraîtrait plus sale, plus déprimant que jamais, quel que fût le zèle des services de nettoiement. On sait bien qu'au départ, point d'histoire, le carrelage immaculé du réseau, calqué sur celui des cliniques, avait pour but d'affaiblir sinon d'annuler les idées inquiétantes injectées par la profondeur – obscurité, moiteur, miasmes, humidité, maladies, épidémies, effondrements, rats – en déguisant ce terrier en impeccable salle de bains. Sauf qu'on aboutissait à l'effet inverse. Car il existe une malédiction des salles de bains. Une salle de bains un petit peu sale a toujours l'air plus sale que n'importe quelle non-salle de bains beaucoup plus sale. C'est qu'il suffit d'un rien sur une étendue blanche, banquise ou drap, d'un minuscule détail suspect pour que tout vire, comme il suffit d'une mouche pour que tout le sucrier soit en deuil. Rien n'est triste comme un cerne entre deux carreaux blancs, comme du noir sous les ongles, du tartre sur les dents. Rentré chez lui, Max n'aurait même plus à cœur d'aller prendre une douche.

Mais le lendemain matin, comme il sortait de chez lui, Max croisa de nouveau la femme au chien. Elle déployait cette fois son élégance de base – élégance de quartier, à mi-chemin de celle de ses soirées supposées et de sa tenue pour aller faire ses courses – et à peine l'eut-elle vu qu'elle marcha fermement vers lui. Ah, monsieur, dit-elle aussitôt, je vous ai vu hier soir à la télévision, par hasard, en zappant. Elle s'interrompit un instant en souriant, comme pour se faire pardonner l'usage de ce verbe. Ah, reprit-elle, je ne savais pas que nous avions un grand musicien dans le quartier. Je vais dire à mon mari (aïe, se dit encore Max) d'acheter vos disques. Elle lui sourit encore, différemment cette fois de toutes les autres avant de s'en aller sur ses talons très fins et Max, se retournant puis la regardant longuement s'éloigner, pensait qu'on dira ce qu'on voudra, la musique a du bon.

12

À quelques jours de là, Max dut participer à un gala de bienfaisance au bénéfice d'il ne savait trop quoi mais dont Parisy jugeait qu'en termes d'image ça ne pouvait pas nuire. Une série d'interprètes devraient se succéder sur scène pour une petite intervention, Max connaissait la plupart d'entre eux, pratiquement rien que des copains, atmosphère détendue, zéro trac. L'ambiance dans la salle était également beaucoup plus décontractée qu'à l'ordinaire dans une salle de concert : public très familial et très peu concerné, énormément d'enfants, pas du tout le profil habituel du public de la musique classique. Quand vint le tour de Max, qui devait justement jouer les *Scènes d'enfants* de Schumann, il s'assit au piano dans une étonnante confusion : de la salle émanait un désordre d'interpellations, de bavardages, de rires et de bruits d'emballages froissés qu'il n'avait jamais affronté lors d'une exécution – car, quoi qu'on dise, le public de la musique classique est en général assez bien élevé, même quand il désapprouve en principe il se tait.

Sans pour autant se vexer, Max avait donc attaqué *Des pays mystérieux* dans cet environnement de kermesse, au point qu'il s'entendit à peine lui-même dans les premières mesures. Cependant, comme il continuait de jouer, il sentit la rumeur commencer à se dissoudre ainsi qu'un nuage, dégageant un ciel bleu silencieux, il perçut qu'il était en train de circonvenir l'auditoire, de l'amener à lui comme un taureau, de le concentrer, le tenir, le tendre. Bientôt le silence de la salle était aussi sonore, magnétique et nerveux que la musique elle-même, ces deux flux se renvoyaient l'un à l'autre et vibraient en commun – sans que Max maîtrisât aucunement ce que faisaient ses dix doigts sur ce clavier, sans qu'il sût d'où cela venait, de son travail ou de son expérience ou bien d'ailleurs comme un éclair, comme une grande lumière imprévue. Le phénomène est rare mais il peut se produire et vingt minutes plus tard, à peine eut-il achevé *Le poète parle* qu'après un temps d'arrêt, un instant de stupeur suspendue, jaillit une ovation que Max n'aurait pas échangée contre un triomphe au Théâtre des Champs-Élysées.

Champagne. C'est la moindre des choses, il faut se remettre un peu. Champagne, bien sûr, mais, très vite, les organisateurs vinrent prier Max de dédicacer quelques disques à la demande générale. Bien sûr, dit Max, encore une petite coupe et je suis à vous. Il regagna la salle où l'on avait dressé une petite table, derrière laquelle était une chaise, devant laquelle une file d'attente assez considérable s'était en effet mise en place. Très vite, les *Scènes d'enfants* enregistrées par Max deux ans auparavant seraient en rupture de stock, presque aussi vite Schumann en général puis tout ce que l'on aurait sous le coude en musique romantique, ce serait un long défilé d'hommes intimidés au sourire suffisant, de femmes émues au sourire accessible et même d'enfants très bien coiffés au sourire grave et Max signait, signait, signait, ah toutes les fois dans une vie qu'on doit écrire son nom.

Or bientôt, dans cette petite foule, vint le tour d'un homme d'assez belle apparence, visage ouvert et complet sur mesure, qui déposa trois disques devant Max tout en se penchant vers lui. Vous ne me connaissez pas, dit-il, lui, sans sourire, mais vous connaissez ma femme et mon chien. Max, comprenant tout de suite de quoi il retournait, crut sa dernière heure arrivée. Nous-mêmes, sachant que sa mort est proche, serions fondés à croire que c'est maintenant qu'il va y passer mais non, pas du tout, on dirait même que tout se déroule plutôt bien. L'épouse de cet homme a dû lui raconter leur rapide rencontre nocturne, apparemment sans que se déclenche en lui quelque réaction de jalousie ni de vengeance homicide. L'homme exerce lui-même, explique-t-il, une profession qui n'est pas sans relation avec l'univers des beaux-arts. À quel nom dois-je les signer ? demande Max plein d'espoir. C'est pour moi, dit l'homme, mon nom est Georges et je suis venu seul, sans ma femme et sans mes enfants. Ce ne sera pas ce jour-là que Max connaîtra le prénom de la femme au chien.

Tout ne se passa donc pas mal mais Max était un peu nerveux en quittant le cadre du gala de bienfaisance. S'il n'avait, faute de trac, guère eu besoin de boire avant de jouer, il avait par contre descendu après pas mal de champagne avec les collègues, de moins en moins nombreux jusqu'à ce qu'il n'y eût plus personne et qu'il dût à son tour s'en aller, traversant ensuite solitairement quelques bars desquels il fit aussi la fermeture jusqu'au dernier après quoi, ma foi, il faut bien rentrer se coucher.

Il est tard, il fait froid, il pleuvine ou pleuvote, c'est d'un pas encore assez droit que Max avance dans sa rue déserte à cette heure-ci puis, comme avant d'arriver chez lui il passe devant le 55, il jette un coup d'œil semi-circulaire devant lui pour véri-fier que le mari de la femme au chien ne s'est pas dissimulé dans un recoin, ayant changé d'avis et guettant le retour de Max pour lui nuire. Non, personne. Mais que ne l'a-t-il plutôt jeté, ce coup d'œil, derrière lui, car soudain il se sent empoigné par le col de son manteau, renversé sur le trottoir et le voilà couché sur le dos de tout son long avec deux types montés sur lui, masqués par des fou-lards – de toute façon, foulards ou pas, Max a ramené son avant-bras sur son visage pour le pro-téger –, et qui entreprennent de le fouiller systé-matiquement. Pour ce faire, on lui ouvre son imperméable avec violence, avec si peu d'égards que deux ou trois nouveaux boutons en sautent et roulent ensemble vers le caniveau – décidément cela se précise, c'est vraiment la saison des boutons.

Les types extraient avec méthode tout ce qu'ils trouvent dans les poches de Max et, au bout d'un moment, comme celui-ci estime que tout ça traîne un peu en longueur, il lui vient à l'idée de crier, oh pas crier vraiment, crier juste un petit peu, sait-on jamais, pour la forme, si cela pouvait faire venir quelqu'un. Mais, d'abord, il ne parvient à émettre qu'un cri faible et timide, une sorte de plainte un peu geignarde – et, ensuite, il sent une main se plaquer sur sa bouche pour le faire taire. Certes il pourrait, cette main, la repousser pour continuer de crier, ce n'est qu'une petite main d'allure adolescente. Mais, d'abord, il craint qu'une autre main, pas forcément plus grande mais armée, lui administre un traitement plus radical – et, surtout, il sent le goût sale et salé de cette main sur ses lèvres, qu'il préfère clore par un réflexe d'hygiène.

Puis d'ailleurs à vrai dire voici qu'il s'abandonne, qu'il aime mieux prendre le parti de se laisser aller, de se laisser faire, enveloppé soudain par une résignation presque confortable, presque honteusement voluptueuse, dans le renoncement à tout et la vanité de tout. Il en va de même quand on aime autant, foutu pour foutu, se laisser faire par l'anesthésiste qui plaque un masque sur votre visage, dans la lumière parfaite du scialytique et le calme idéal du bloc opératoire, sous les regards des chirurgiens cagoulés. Et corrélativement, bien que cette opération se déroule à toute allure, le temps paraît à Max se distendre, se démultiplier, comme si tout cela se passait au ralenti malgré la fièvre nerveuse des deux types installés sur lui.

Pourtant, il ne devrait pas le faire mais on a quelquefois des réflexes fâcheux : il cesse de se protéger les yeux pour voir qui sont ces types, sans doute sont-ils très jeunes mais à quoi peuvent-ils ressembler. Or, comme des foulards cachent leurs visages, Max pris d'un sursaut d'exaspération, sans se rendre compte de son geste, arrache un de ces foulards. Il découvre un visage assez flou, très jeune en effet, sur lequel il n'a que le temps d'apercevoir une expression effarée mais aussitôt furieuse, indignée puis vengeresse, suivi du temps d'apercevoir à peine au-dessus de lui un bras levé, prolongé d'un long stylet que le jeune homme démasqué, sans doute non moins affolé que Max, lui plante profondément dans la gorge, juste au-dessous de la pomme d'Adam. Le stylet transperce d'abord l'épiderme de Max puis traverse dans le mouvement la trachée-artère et l'œsophage, endommageant au passage de gros vaisseaux de type carotide et jugulaire après quoi, se glissant entre deux vertèbres – septième cervicale et première dorsale –, il sectionne la moelle épinière de Max et personne n'est là pour voir ça.

Tout est éteint dans les maisons voisines, toutes les fenêtres sont obscures, personne ne regarde rien sauf le chien de la femme au chien, encore debout à cette heure-ci au quatrième étage du 55. C'est un chien méditatif et doux, Max l'avait tout de suite remarqué, c'est un bon chien pensif qui, souffrant d'insomnies, regarde la nuit par la fenêtre pour se distraire et qui vient d'assister à ce regrettable tableau. Si la nature songeuse de cette bête la prédispose à des visions, peut-être va-t-elle voir maintenant, en complément de spectacle, l'âme de Max s'élever en douceur vers l'éther accueillant.

II

13

Non.

Non, pas d'élévation, pas d'éther, pas d'histoires. Il semblait cependant qu'une fois mort, Max continuât de ressentir les choses. Il se retrouvait nu dans un lit monoplace occupant le quart d'une petite chambre obscure dont les murs, peints en ocre avec des effets de patine, absorbaient la lumière d'une lampe de chevet à voltage faible, posée sur une table de nuit et dont une étoffe rouge sombre frangée, déployée sur l'abat-jour beige, accroissait la surdité. Après qu'il eut ouvert les yeux, après quelques minutes passées à regarder autour de lui sans voir grand-chose, Max retira ce linge sans percevoir guère plus de ce nouvel environnement. D'autres minutes s'écoulèrent pendant lesquelles il déploya de faibles efforts pour comprendre ce qui avait bien pu se passer, sans résultat. En désespoir de cause il finit par se lever, luttant contre un bref vertige avant de récupérer son pantalon soigneusement plié sur le dossier d'une chaise, de l'enfiler puis de se diriger vers la porte de la chambre qu'il supposait, sans raison précise, fermée à clef.

Non plus. Mais, si cette porte s'ouvrait sans mal, elle donnait sur un long couloir vide, percé de portes closes entre lesquelles des appliques, régulièrement disposées, délivraient elles aussi des halos assoupis de veilleuses. Couloir si long qu'on ne distinguait pas ses limites, ni d'un côté ni de l'autre, si vide qu'il n'était rien, ne donnant sur rien, ne délivrant pas plus d'information que si la porte avait été verrouillée pour de bon. Torse nu, Max s'apprêtait à refermer celle-ci quand il aperçut, tout au fond du couloir à gauche, un personnage peu distinct, vêtu d'un peignoir jaune et qui se détachait discrètement du mur, semblant s'aventurer comme lui devant sa porte. Max hésitait sur la conduite à suivre, faire signe ou se cacher, incertain de la nature de ce personnage quand il le vit se rencogner précipitamment à l'arrivée d'une autre silhouette.

De couleur blanche et surgie d'on ne sait où, celle-ci parut admonester doucement quoique fermement Peignoir jaune, lequel disparut aussitôt. Silhouette blanche, semblant alors aviser Max qui la regardait venir vers lui, se transforma dans son approche en une jeune femme au physique à la Doris Day, haute taille, blouse d'infirmière, cheveux clairs tirés et retenus par un fil. Avec la même douceur sans réplique, elle enjoignit à Max de regagner sa chambre. Vous devez rester là, dit-elle d'ailleurs avec la voix de Doris Day, on va venir vous chercher. Mais, commença Max sans pouvoir s'exprimer plus avant, la jeune femme annulant aussitôt cette amorce d'objection par un léger friselis des doigts, déployé comme un passage d'oiseau dans l'air entre eux. Réflexion faite, elle ressemblait même furieusement à Doris Day, ce genre de grande femme blonde un peu laitière au visage plein et potelé, grosse poitrine et grand front, pommettes envahissantes, grande bouche à lèvre inférieure excessive produisant un sourire permanent de cheftaine enthousiaste : plus rassurante qu'excitante, elle exhalait la morale stricte et la bonne santé.

Retourné dans sa chambre, Max l'examina mieux. Il y avait trop peu de place pour beaucoup d'autres meubles à part le lit et la table de nuit, tous deux construits en acajou : un minuscule placard, peut-être en chêne et qui contenait quelques effets de rechange à la taille de Max, une élégante tablette au format de desserte, la chaise sur laquelle il avait trouvé son pantalon plié et c'était tout. Rien ne décorait les murs ; pas de bibelots, pas de revues, pas un livre en vue, ni Bible des Gédéons dans le tiroir de la table de nuit, ni prospectus touristique dépliant qui indiquerait où on est, ce qu'on peut y faire et ce qu'il y a à voir dans le coin, avec tous les horaires et les tarifs. Chambre sobre et plutôt confortable, donc, comme il doit s'en trouver dans certaines abbayes aménagées en lieux de retraite spirituelle, destinés à des âmes disposant de revenus également confortables. Espace climatisé, parfaitement silencieux car hélas dépourvu de fenêtres, et qui le resterait d'autant plus qu'aucune radio ni télévision ne l'équipait. Une porte en substance translucide accédait à un cabinet de toilette correctement conçu, bien que privé de miroir au-dessus du lavabo. Comme Max tentait d'apercevoir son reflet dans la substance, il distingua vaguement une tache sombre à la base de son cou. Or, non seulement quelque chose dut le dissuader d'y porter la main mais la porte s'ouvrit alors, sans prévenir, sur un visiteur.

Cet homme était peut-être un peu plus grand que Max, sans doute un peu plus mince, très bien fait de sa personne et d'un port élégant, toutes choses qui d'ordinaire pouvaient n'être pas sans agacer Max. Il affichait une décontraction frisant la morgue, rappelant celle de pas mal de types qu'il avait croisés pendant sa vie professionnelle, directeurs artistiques ou concepteurs publicitaires de maisons de disques, critiques ou producteurs de festivals spécialisés dans un secteur très pointu du baroque. Ses vêtements légers et flottants lui allaient aussi un peu trop bien, ensemble de lin beige sur T-shirt anthracite et chaussures de bateau. Il paraissait excessivement soucieux de son apparence, sa chevelure dénotant juste ce qu'il fallait de négligence – drue et brossée en arrière avec une mèche discrètement rebelle. Ongles manucurés, ultraviolets mensuels et peau désincrustée, il respirait la salle de sport et les salons de coiffure, salons de beauté, salons d'essayage ou même salons de thé. Bonjour, Max, articula-t-il sans chaleur, enchanté. Je m'appelle Christian Béliard mais vous pouvez m'appeler Christian. C'est moi qui vais m'occuper de vous.

Tout cela – ceux qui connaissent un petit peu Max peuvent le prévoir – n'augure rien de bon : Max n'aime pas tellement qu'un inconnu l'appelle d'emblée par son prénom comme procèdent les Américains, il n'aime qu'à moitié que cet inconnu s'adresse à lui sur un ton désinvolte en ne le regardant qu'à peine, il n'aime pas du tout l'attitude détendue, très professionnellement indifférente affichée par cet inconnu qui, tout en lui parlant, jette des coups d'œil distraits sur la chambre comme s'il y était en inspection. Il ne manquerait plus qu'on le tutoie, tant qu'on y est. Max ne voit vraiment pas, d'ailleurs, pourquoi ce type à l'endroit duquel il éprouve une immédiate animadversion, prétend devoir s'occuper de lui, et de quel droit. Il aimerait mieux que d'abord on lui explique poliment ce qui lui vaut tant de sollicitude distante, et qu'est-ce qu'on fait au juste et qu'est-ce que lui-même, Max, fait là. Mais, animadversion ou pas, le type doit être assez intuitif, du moins assez formé pour comprendre ce qui est en train de rouler spontanément dans le système nerveux de Max. Ne vous inquiétez pas, dit ce Béliard qui se fend d'un demi-sourire en s'asseyant au pied du lit, tout va très bien se passer. Je vais vous expliquer rapidement.

Il ressortit de ces explications que Max se trouvait actuellement, ici même, en transit. Ici même, c'est-à-dire dans une sorte de Centre d'orientation spécialisé, crut-il comprendre, quelque chose comme un Centre de tri qui allait statuer sur son sort. Le temps nécessaire au règlement de son dossier, qu'établirait une commission idoine, n'excéderait pas une semaine pendant laquelle Max pourrait prendre un peu de repos, ayant tout loisir de profiter des équipements du Centre, vous verrez par ailleurs que la cuisine est excellente. Quant aux arrêts qu'établirait cette commission, leur nature était des plus simple : il n'y avait que deux partis possibles selon le principe de l'obligation alternative. Suivant les résultats de la délibération, Max ne pourrait être orienté que vers l'une ou l'autre des deux destinations prévues. Mais ne vous inquiétez pas, dit Béliard, l'une et l'autre ont leurs bons côtés. De toute façon vous allez mieux voir ce que je veux dire dans cinq minutes. Habillez-vous, je vous prie.

On sortit de la chambre pour s'engager dans le couloir, le long duquel s'alignaient donc des deux côtés, séparées par ces appliques qui étaient des sortes de torchères en bois doré, des portes semblables à celle de la chambre de Max. Ces portes, qui n'étaient pas numérotées, étaient fermées sauf une seule entrouverte laissant apercevoir une cellule également identique à la sienne. Il semblait qu'on y fît le ménage car de dos, par l'embrasure, Max aperçut rapidement deux femmes de chambre en action, vêtues de corsages immaculés et de jupes noires étonnamment courtes, courbées sur fond de chariot métallique où s'entassaient des produits d'entretien et des piles de draps, taies d'oreiller, gants et serviettes de toilette propres ainsi que des ballots de draps, taies d'oreiller, gants et serviettes de toilette froissés sous des gémissements feutrés d'aspirateur, dans un léger parfum de désinfectant de luxe.

Puis, sur la gauche, une autre porte s'ouvrit d'où sortit l'infirmière que Max avait rencontrée une demi-heure plus tôt et qui s'arrêta à leur passage. Max la salua respectueusement d'un signe de tête puis se tourna vers Béliard dont il vit le visage se fermer. Le 26 est un peu agité, dit l'infirmière d'un ton soucieux, je ne sais plus comment faire avec lui. Écoutez, dit froidement Béliard, vous savez bien que le 26 est un sujet un peu particulier, vous connaissez le traitement, non ? Je sais bien, répondit l'infirmière, mais j'ai tout essayé, rien ne marche avec lui. Ça n'est plus de mon ressort, dit Béliard, c'est de votre compétence, non ? Si vous en avez une, ajouta-t-il sur un ton cassant. Et puis vous voyez bien que je suis occupé, là, parlez avec monsieur Lopez si vous n'y arrivez plus, on vous trouvera une mutation ou quelque chose. Je crois qu'ils ont besoin de personnel en cuisine, à plus tard.

On se sépara sans douceur. Elle n'est vraiment pas si mal, cette fille, se permit de commenter Max. C'est frappant comme elle a quelque chose de Doris Day. Mais c'est Doris Day, dit Béliard avec indifférence. Pardon ? fit Max. Oui, dit Béliard, enfin je veux dire, c'était Doris Day. Pourquoi, vous la connaissez ? Ma foi, dit Max en renonçant à s'étonner, elle est quand même assez connue, je l'ai vue dans quelques films. Et puis je crois même que j'avais un ou deux disques. Ah oui, dit Béliard avec indifférence, il est vrai que vous étiez dans la musique, non ? Pas tout à fait la même musique, dit Max, mais enfin je m'intéresse à d'autres choses aussi, je veux dire d'autres genres.

Il se tut un instant, considérant ses mains, plaquant dans l'air vide un accord de septième diminuée. Je dois dire d'ailleurs que j'ai hâte de m'y remettre, reprit-il, ça me manque toujours assez vite quand je suis loin de mon instrument. Ah ça, objecta Béliard, je crains que ce ne soit un peu difficile. Il faudra reconsidérer ce problème, je vous expliquerai. Je vous demande pardon ? répéta Max. C'est-à-dire, précisa Béliard, qu'il va falloir changer d'activité. C'est ainsi quand on vient ici. Je n'y suis pour rien, n'est-ce pas, même régime pour tout le monde. Mais qu'est-ce que vous voulez que je fasse, s'inquiéta Max, je ne sais rien faire d'autre. On trouvera, dit Béliard, on trouve toujours des solutions pour tout le monde. Prenez Doris, par exemple, elle aussi a dû se reconvertir, il lui a fallu changer de métier. Elle a choisi les soins médicaux, bon, elle ne se débrouille pas si mal, c'est aussi qu'elle a un peu le physique adéquat mais on a beau faire, elle n'a pas pu se débarrasser de ses petites habitudes de star. Ça la reprend de temps en temps, il faut quelquefois la remettre à sa place. Ah oui, dit Max, j'ai cru remarquer que vous n'aviez pas l'air de vous entendre fort. Ce n'est pas seulement ça, dit Béliard, c'est aussi que je n'aime pas trop ce genre de filles. Quel genre ? demanda Max. Oh, fit Béliard avec un geste, les grandes blondes et tout ça. Je connais trop.

Tout au bout du couloir se dessinait un coude, passé lequel on accédait à une espèce de hall très vaste et dans lequel entrait enfin la lumière du jour, celle-ci se déversant par deux grandes baies vitrées, orientées dans des sens opposés. L'une de ces baies donnait sur une ville ressemblant comme une sœur à Paris car balisée par ses repères classiques – diverses tours d'époques et de fonctions variées, d'Eiffel à Maine-Montparnasse et Jussieu, basilique et monuments variés – mais vue de très loin en plongée. Il n'était pas possible d'établir sous quel angle on distinguait cette ville et surtout où l'on se trouvait au juste, une telle perspective de Paris n'étant envisageable d'aucun point de vue connu de Max. Quoi qu'il en fût, comme Paris ou son sosie paraissait étouffer sous une pluie noire et synthétique déversée par des nuages de pollution, brunâtres et gonflés comme des outres, la lumière arrivant de ce côté était opaque, dépressive, presque éteinte alors qu'elle arrivait doucement, affectueusement et clairement par l'autre baie. Celle-ci commandait en effet un immense parc, une masse végétale aux reliefs doux présentant un vaste échantillonnage de toutes nuances de vert, du plus sombre au plus tendre : ondulant çà et là sous un ciel plus clément, l'étendue paraissait s'étendre indéfiniment, à perte de vue, sans bornes perceptibles.

Voilà en gros ce qui vous attend, dit Béliard en désignant ces deux axes opposés. Ce sont les deux orientations possibles, n'est-ce pas, le parc ou la section urbaine. Vous serez affecté dans l'un des deux. Mais encore une fois ne vous inquiétez pas, il n'y a pas de mauvaise ni de bonne solution, les deux ont leurs bons et leurs mauvais côtés. Enfin voilà, comme je vous l'ai dit, la résidence au Centre est limitée en gros à une semaine. Eh bien c'est simple, on est jeudi, vous devriez être fixé mercredi prochain. Ah bon, dit Max sans enthousiasme, et je ne pourrais pas plutôt rester ici ? Je ne me sens pas si mal ici, je crois que je pourrais me plaire, je peux rendre des services. C'est tout à fait exclu, coupa Béliard. Ici, on ne fait que passer. Mais Doris, par exemple ? s'étonna Max. Doris, c'est particulier, dit Béliard avec un sourire mauvais, c'est une exception. Elle a des protections, voyez-vous, elle a su se placer. Le système a des défaillances, quelquefois, il y a des complaisances, c'est comme partout. Max n'osa pas demander auprès de qui ni grâce à qui Doris Day pouvait bénéficier d'un tel traitement de faveur.

Comme Max, se caressant songeusement le menton, à rebours d'une barbe plus que naissante – car plus rasée depuis quand, au juste ? Combien de temps séparait la scène du trottoir de celle du réveil ? Pourrait-on se renseigner sur ce point ? –, allait passer machinalement sa main dans le col de sa chemise, Béliard freina promptement son mouvement. Ne touchez pas à votre blessure, dit-il, on va s'en occuper. D'ailleurs, ajouta-t-il en fronçant un sourcil, s'approchant de Max et l'examinant d'un œil professionnel, il vaudrait mieux qu'on s'en occupe vite. On ne peut pas vous laisser comme ça. En attendant, vous allez garder la chambre. Vous connaissez le chemin.

Oui, dit Max, mais je crois que j'ai un peu faim. Est-ce que je ne pourrais pas avoir quelque chose à manger ? Dans l'état où est votre gorge, dit Béliard, ce n'est pas très conseillé pour le moment. Mais qu'est-ce qu'elle a, ma gorge, demanda Max, je ne sens rien, je me sens très bien. C'est normal, dit Béliard, vous êtes sous un traitement spécial en attendant l'opération. Vous pourrez manger plus tard. Interdiction d'avaler quoi que ce soit en attendant, de toute façon ça ne passerait pas. Mais je vais régler tout ça, quelqu'un va venir vous voir tout à l'heure.

14

Max regagna sa chambre qu'on s'était occupé d'aménager un peu en son absence, pour lui assurer un confort hôtelier assez étoilé. La tablette supportait maintenant un plateau de fruits exotiques mais interdits – kiwi, mangue, banane avec bon nombre de papayes – sous Cellophane avec un bouquet de fleurs assorti. Un petit fond sonore se déroulait également à bas bruit, ruban d'œuvres traditionnelles et calmes, peu dérangeantes, sans doute élues par une sensibilité centriste et dont le volume se révéla réglable par une molette intégrée dans la table de nuit.

Comme une douzaine de livres s'empilaient aussi sur celle-ci, Max examina ces volumes, tous identiquement reliés en simili rougeâtre comme s'ils parvenaient de la même bibliothèque d'entreprise, et paraissant choisis selon les mêmes critères que la musique. Il s'agissait d'une sélection d'ouvrages classiques, Dante ou Dostoïevski, Thomas

Mann ou Chrétien de Troyes, des choses comme ça, malgré la présence déconcertante d'un exemplaire de *Matérialisme et empiriocriticisme* égaré là, et que Max feuilleta quelques minutes. Après qu'il eut encore vainement tenté d'apercevoir sa blessure dans la porte dépolie du cabinet de toilette, il prit le parti de s'allonger sur son lit en résistant au désir de peler la banane, abandonnant Lénine pour ouvrir au hasard la *Jérusalem délivrée* dans la vieille traduction (1840) d'Auguste Desplaces.

Il n'eut pas le temps d'avancer loin dans cette lecture car très vite on frappa à sa porte. Encore Béliard, sans doute, mais non, ce n'était pas lui. C'était un valet de chambre classiquement vêtu de noir et blanc qui entra dans sa chambre en souriant, Bonjour Monsieur, sauf qu'à la place du plateau-repas habituel posé sur sa main gauche déployée, il était porteur d'une tige métallique à laquelle était fixé un bocal, plein de liquide translucide et duquel partait un tube flexible terminé par une aiguille, bref ce qu'on appelle usuellement un goutte-à-goutte.

Ce valet de chambre était encore un garçon de grande taille, aux cheveux noirs ondulés et lustrés et au sourire latin, ironique et charmeur à la Dean Martin. Il avait d'ailleurs tout à fait, à y regarder de plus près, le physique de Dean Martin, jusqu'à son allure d'excellent danseur et à ses yeux marron scintillant de reflets bleus. Il lui ressemblait si précisément que Max, tant qu'à faire, au point où on en était, vu le précédent avec Doris Day, en vint à se demander s'il ne s'agissait pas de l'authentique spécimen : conscient de s'aventurer sur un terrain délicat, il se permit quand même de se risquer. Je vous demande pardon, dit-il, vous ne seriez pas Dean Martin, par hasard ? Hélas non, Monsieur, répondit le valet en souriant plus martiniennement que jamais, malheureusement pas. Ah, j'aurais bien aimé. C'est incroyable comme vous lui ressemblez, commenta Max sur un ton d'excuse. Il paraît, sourit le valet avec modestie, on me l'a dit quelquefois, en effet. Si vous voulez bien retrousser votre manche. Non, plutôt la droite s'il vous plaît.

L'heure qui suivit, Max resta couché sur son lit pendant qu'une solution hydratante de glucose, vitamines et sels minéraux se répandait dans son organisme. Puis on frappa de nouveau à la porte – grands dieux, ça n'arrêtait pas – et cette fois-ci c'était encore le sourire de Doris Day, embaumant plus que jamais le végétarisme et la science chrétienne. Toujours fraîche et joyeuse, elle était suivie d'un jeune homme en tenue de brancardier qui, lui, ne ressemblait à personne de connu. Max fut prié de se déshabiller pour revêtir une manière de blouse, se coiffer d'un bonnet et enfiler des chaussons en tissu synthétique bleu qui se froissait comme du papier, avant de s'étendre sur une très haute civière à bord de laquelle, poussé par le jeune homme, on reprit l'enfilade du couloir. On se dirigea cette fois en sens inverse jusqu'à un monte-charge aussi vaste qu'un ascenseur d'hôpital, aussi prompt qu'un ascenseur de tour : on dut descendre à toute allure d'une très haute altitude car à plusieurs reprises, du haut de sa civière, Max dut se forcer à déglutir pour libérer ses oreilles bouchées par la course jusqu'au troisième sous-sol.

Nouveaux couloirs inondés de lumière blanche et percés de vastes portes battantes, dont l'une finit par s'ouvrir sur un bloc opératoire qui ne se distinguait en rien de n'importe quel autre bloc opératoire, et le chirurgien n'évoquait lui non plus aucune célébrité. Juste un petit travail de réparation, expliqua le praticien en plantant une nouvelle aiguille dans l'avant-bras gauche, cette fois, de Max – on va vous restaurer le secteur avec une petite intervention d'ordre esthétique, la question des fonctions vitales ne se posant évidemment plus. Il ne s'agirait que de nettoyer sa blessure, repriser les parties de gorge lésées puis reconstruire les éléments endommagés, spécialement du côté de la moelle épinière qui est un coin délicat, avant de reboucher et masquer le trou créé par l'arme de ses agresseurs. Max plongea dans le sommeil chimique avant que l'autre eût achevé ses explications.

Il s'éveilla brusquement, mit un petit moment à reconnaître sa chambre mais identifia aussitôt Doris Day qui se tenait à son chevet, assise sur une chaise et tournant les pages d'une brochure. Comme il ouvrait la bouche pour demander quelque chose, elle lui posa doucement la main droite sur ses lèvres, posant sur les siennes un doigt de la gauche. Ne parlez pas, dit-elle doucement, c'est trop tôt, ça pourrait vous faire mal. Mais ne vous inquiétez pas, ça va aller très vite, maintenant.

Dans votre état, ça cicatrise rapidement. Vous allez voir, tout ira mieux dès demain. Bien qu'il ne comprît rien à ces propos, Max hocha la tête d'un air entendu, jeta un coup d'œil sur la perfusion revenue se loger dans son bras droit puis se rendormit comme une pierre.

Quand il rouvrit les yeux, il n'y avait plus personne dans la chambre qu'il reconnut cette fois instantanément. Nul bruit n'émanait de nulle part, on avait dû débrancher le fond musical pour lui assurer un sommeil calme, aucun moyen de savoir l'heure qu'il était du soir ou du matin, du jour ou de la nuit. Faute d'autre activité, Max entreprit de récapituler toutes les informations recueillies depuis son arrivée au Centre, en faisant une synthèse puis réfléchissant à ce qui risquait maintenant de lui arriver – vers quelle zone allait-on l'orienter. Selon toute apparence, esthétiquement parlant, le parc avait l'air d'être une bonne solution même s'il convenait de voir de plus près ce qu'il en était. Béliard ayant indiqué que la décision se prenait sur examen de dossier, Max envisagea l'avenir avec optimisme, ayant assez confiance dans le bilan de sa vie.

Car il s'était toujours, lui semblait-il, plutôt bien tenu. Procédant à un tour d'horizon de son existence, il en vint à conclure qu'il n'avait pas gravement failli dans quelque domaine que ce fût. Certes il avait souffert du doute, de l'alcoolisme et de l'acédie, certes il lui était arrivé de céder à la paresse, de se laisser aller à des petits coups de colère ou de s'abandonner à des accès d'orgueil, mais comment faire autrement. Tout cela, dans l'ensemble, paraissait décidément véniel. Si l'on accédait à ce parc selon ses mérites, Max voyait mal ce qui pourrait s'opposer à son intégration mais il était prématuré, sans doute, de spéculer sur son sort avant plus ample information – et la porte, justement, s'ouvrit sur Béliard.

15

Alors, proféra Béliard d'une voix martiale de médecin-chef, comment nous portons-nous ce matin ? Nous étions donc le matin. Celui du lendemain à moins que du surlendemain. Mais, avant que Max eût pu répondre, on frappa à la porte : cette fois c'était le valet porteur d'un authentique plateau-repas.

Vous avez vu qu'ici tout va très vite, fit remarquer Béliard en tendant à Max un miroir de poche, même pas besoin de pansement, la cicatrisation est pratiquement terminée. En effet, dans la glace, Max n'aperçut au creux de sa gorge qu'une légère ligne pâle bordée de pointillés à peine distincts. Vous allez pouvoir recommencer à vous alimenter, ajouta-t-il en désignant le valet qui déblaya promptement la tablette avant d'y déposer le plateau, puis s'occupa de débrancher le goutte-à-goutte. Après avoir extrait l'aiguille de l'avant-bras de Max, il nettoya brièvement la zone à l'alcool, coup de torchon sur une toile cirée et hop, un petit carré de sparadrap par-dessus et on n'en parle plus. Voilà, dit Béliard, c'est réglé, maintenant vous pouvez vous rhabiller.

C'est un repas de circonstance, Monsieur, s'excusa le valet à mi-voix pendant que Max enfilait sa chemise. Rapport à votre opération. Un petit régime de convalescence pas bien enthousiasmant, j'en conviens, vous voudrez bien ne pas nous en tenir rigueur. Vous connaîtrez bientôt des menus plus variés. De fait, cela consistait en riz blanc et légumes à la vapeur, tranche de jambon de Paris, yaourt et compote arrosés d'eau minérale. Est-ce que ce sera à votre goût ? s'inquiéta le valet tout en disposant soigneusement les couverts en parenthèses de l'assiette. On abrège, Dino, on abrège, s'exclama Béliard qui semblait prendre plaisir à brusquer le petit personnel. Il voulut congédier abruptement le domestique une fois que celui-ci eut accompli sa tâche mais Dino, puisque Dino il y avait, prit tout son temps avec une indolence distante, souriante, indifférente et calme.

Maintenant que vous voilà remis, dit Béliard, je vais vous faire un peu visiter la maison. On emprunta le même ascenseur que celui qui avait emmené Max au bloc opératoire et, pendant qu'on descendait, Max tenta de soutirer à Béliard quelques renseignements sur Dino. Pourquoi ? demanda froidement l'autre. Je ne sais pas trop, dit Max, je le trouve sympathique, ce garçon, je le trouve particulier. Je ne peux pas vous répondre, dit Béliard, il n'aime pas qu'on parle de lui. Il préfère qu'on ne sache rien sur sa personne, ce que je respecte. Les gens ont ce droit dans notre institution mais je ne vous cache pas qu'il m'agace quelquefois, je le trouve quand même un petit peu désinvolte.

L'ascenseur s'arrêta cette fois trois niveaux au-dessus du service chirurgie, au rez-de-chaussée du Centre. On emprunta un nouveau réseau de couloirs plus larges, mieux décorés – bouquets de fleurs fraîches sur consoles, statuettes néo-classiques sur socles et paysages de fantaisie – et plus peuplés – femmes de service et factotums, secrétaires à lunettes et chignon qui, serrant leurs dossiers sous le bras, adressaient à Béliard en le croisant des saluts timides et respectueux auxquels il répondait à peine d'un bref mouvement de menton. Des couloirs, toujours des couloirs qui aboutirent enfin dans un hall gigantesque éclairé à giorno par des lustres en cristal et en bronze éclatants, secondés par d'oblongs vitraux pastel, et d'où s'élevait un escalier monumental à double révolution. Voilà, dit Béliard, c'est ici l'entrée du Centre. Au-delà d'une porte à tambour on distinguait en effet, ponctuée de massifs et de jets d'eau, une de ces vastes étendues de gravillon comme on en voit souvent devant les grandes demeures, généralement parsemées de longues automobiles, tachées par l'huile de leur carter et striées par les traces de leurs pneus – mais là, autant que Max pût en juger d'où il se trouvait, nulle tache, nulle trace de nul pneu, nulle voiture sous le ciel dégagé.

Aucun agent de contrôle ne semblait affecté non plus à l'intérieur du hall et dans ses alentours. Aucun vigile, aucun gardien, pas la moindre caméra vidéo, ah mais si : dissimulée derrière l'architecture de l'escalier, Max aperçut une petite guérite discrète, en verre dépoli jusqu'à la ceinture et contenant un bureau derrière lequel un sexagénaire vêtu comme un concierge traditionnel de grand hôtel – redingote noire sur gilet blanc et dont le revers du col s'ornait de clefs entrecroisées – semblait rêveur, inattentif au monde. Vous n'avez pas beaucoup de personnel, on dirait, fit observer Max. On entre et on sort comme on veut, non ? Ce n'est pas tout à fait si simple, modéra Béliard, mais il y a un peu de ça. On marche sur le principe de l'autodiscipline, si vous voulez, la surveillance est très réduite, chacun doit se prendre en charge. Je vous ferai visiter le parc demain, si ça vous dit. En attendant, je pourrais vous présenter au directeur. Vous voulez le voir ? Ah oui, dit Max, bonne idée, je veux voir le directeur. On va d'abord vérifier s'il est là, dit Béliard en se dirigeant vers la guérite du concierge : Dites-moi, Joseph, est-ce que monsieur Lopez est actuellement dans son bureau ?

Sur la réponse affirmative de Joseph, on emprunta cette fois l'escalier : sur les paliers circulaient ou stationnaient quelques grooms – très jeunes sujets à peine pubères, vêtus de dolman en drap et de pantalon à bande, col et gants blancs, casquette – dont le passage de Béliard et Max parut suspendre des activités principalement farceuses. Au deuxième étage, une grande porte à deux battants était gardée par un huissier qui, saluant Béliard avec gravité, le fit entrer avec Max : on traversa une enfilade de vastes salles parfois

93

désertes, parfois découpées en bureaux paysagers que séparaient des cloisons vitrées derrière lesquelles, çà et là, on distinguait une silhouette penchée sur une tâche. Après qu'on eut encore passé une antichambre, Béliard frappa à la porte suivante qui s'ouvrit aussitôt sur un vaste bureau directorial. Ce bureau, prenons le parti de ne pas trop le décrire, indiquons simplement que son ameublement et sa décoration sont assortis, peut-être en un petit peu plus terne et triste, un petit peu moins bien nettoyé, au style des lieux jusqu'ici traversés par Max.

Mais, tout directorial qu'il fût, ce bureau n'était occupé que par un homme debout, mince et voûté, penché sur d'épaisses liasses de documents jaunâtres éparpillées sur une console. Ce personnage était de taille moyenne, étroitement habillé de gris bon marché, son long visage cireux dénotant une alimentation mal équilibrée, ses yeux chassieux larmoyaient. Il arborait un air soucieux de clerc de notaire sous-payé, dépressif, plus désolé que mécontent d'être soucieux mais à cela résigné. Il devait s'agir du secrétaire ou du comptable, ou de l'un des sous-secrétaires ou sous-comptables du directeur, qu'il allait sans doute envoyer chercher.

Mais non. Monsieur Lopez, prononça en effet Béliard avec douceur et déférence, voici monsieur Delmarc qui vient d'entrer chez nous. C'est une admission de cette semaine, il désirait vous voir. Ah, dit confusément l'autre en levant un regard intimidé sur Max, eh bien soyez le bienvenu. Il ne posa même pas à Max quelques questions, juste pour la forme, il semblait à première vue un peu effrayé, l'air interrogatif d'être dépassé par les événements – bien qu'on pût se demander si ce n'était pas qu'un stratagème, une pose pour avoir la paix, alors qu'il savait mieux que personne de quoi Max retournait. Quel nom m'avez-vous dit ? demanda-t-il à Béliard qui lui répéta, en l'épelant, le patronyme de Max. Oui, dit Lopez, je crois que je vois. Un instant. Se penchant à nouveau sur la console et fouillant parmi les documents épars, il finit par en extraire un qu'il communiqua à Béliard. Celui-ci le parcourut d'abord rapidement puis, dans le silence général, en reprit la lecture avec plus d'attention.

Restant prudemment à distance, Max jeta quand même un coup d'œil sur l'objet : c'était une fiche oblongue à petits carreaux, de format 125×200, aux bords jaunis et légèrement fripés, presque entièrement couverte d'une écriture manuscrite fine, serrée, tracée à l'encre brune : à l'évidence elle ne datait pas d'hier, comme la plupart des autres pièces entassées sur la console de Lopez. Elle rappelait ces autres fiches que l'on consultait, jadis, dans les bibliothèques publiques avant qu'on eût transféré leurs catalogues sur des fichiers d'ordinateurs. Tiens, se permit d'observer Max, vous n'êtes pas informatisés ? Je vous en pose, des questions ? répondit Béliard sans lever les yeux. Lopez s'était cependant assis, balayant du revers de la main des poussières imaginaires à la surface de son bureau qu'il fixait d'un regard vide. Puis Béliard, ayant achevé sa lecture, jeta sur Max un bref coup d'œil avant de rendre à Lopez son document. Oui, dit-il, je crois que je vois à peu près moi aussi. Mais qu'ont-ils donc, se demanda Max, qu'y a-t-il donc à voir de particulier.

Deux œufs au plat l'attendaient dans sa chambre en compagnie d'une bière et d'une tranche de melon, premiers indices discrets d'une amélioration de l'ordinaire. Dès le lendemain, en effet, son déjeuner présenterait plus de relief puis le dîner serait carrément digne d'un restaurant cher. Tout ce deuxième jour postopératoire, Max dut le passer dans sa chambre, feuilletant les ouvrages qui étaient là mais sans conviction ni pouvoir vraiment lire, d'abord distrait par une inquiétude concernant la fiche aperçue chez Lopez, puis, dès le début de l'après-midi, plus gravement distrait par l'ennui. Dino assurait toujours le service avec sa discrétion souriante et dégagée, quoique toujours pas moyen d'en extraire un mot plus haut que l'autre, Béliard passait ensuite pour le café. Le soir venu, Max s'inquiéta auprès de lui quant à l'emploi du temps des jours à venir. C'est que je commence à m'embêter un peu ici, dut-il avouer. Est-ce que je ne pourrais pas faire un petit tour de temps en temps ? Mais vous êtes absolument libre, assura Béliard, votre porte est ouverte. Rien ne vous empêche maintenant d'aller et venir à votre guise dans l'établissement. Pour les distractions à proprement parler, nous verrons plus tard. Cigare ?

16

Le début de la journée suivante serait assez déprimant. C'est aussi qu'on serait dimanche et que, même dans un lieu semblant aussi coupé du monde que le Centre, le dimanche produirait comme toujours et partout son effet de lenteur et de vide, d'étirement pâle, de résonance creuse et navrée. Ce serait d'abord une interminable matinée le long de laquelle Max garderait la chambre, ruminant l'histoire de la fiche de Lopez, jusqu'à ce qu'on lui servît un de ces repas froids qui vous échoient quand il n'y a plus personne en cuisine. D'ailleurs on ne le lui servirait même pas : lorsqu'il commencerait d'avoir faim, ouvrant sa porte pour guetter l'arrivée de Dino, il trouverait le plateau posé dans le couloir à ses pieds comme un paillasson. Et Béliard, comme Dino, profiterait sans doute de son congé hebdomadaire, à moins qu'il ne fût pris à déjeuner car il ne se présenterait pas comme d'habitude pour le café chez Max. Celui-ci se sentait maintenant bien rétabli de son opération et, une fois nourri, il prit le parti d'aller faire un tour dans le Centre. Avec une petite idée derrière la tête.

Ça n'irait pas tout seul. Il lui fallut reconstituer solitairement le parcours effectué la veille avec Béliard. Plus vide encore que d'habitude, le couloir de son étage rendait un écho glaçant d'internat désert pendant les congés scolaires, quand tous les autres sont partis dans leur famille et qu'on reste seul avec le personnel, qu'on soit puni ou orphelin. À ceci près que Max ne rencontra nul personnel. Il crut bien percevoir un frémissement d'aspirateur au loin, de faibles entrechocs de balai dans un seau mais, comme personne n'était visible, il pouvait s'agir d'hallucinations légères produites par le silence même. Aussi bien. Il n'eut pas de mal à retrouver l'accès de l'ascenseur et, une fois ses portes refermées sur lui, la machinerie n'émettant aucun bruit, Max était enclos dans un silence supérieur, silence dans le silence, silence au cube qui ne disait rien de bon. Ce fut d'un index troublé qu'il visa puis pressa le bouton du rez-de-chaussée, puis la descente était assez longue pour voir encore défiler toute sa vie, jusqu'au dring conclusif de l'ascenseur qui le fit légèrement sursauter.

Comme la veille, les portes de l'appareil s'ouvrirent sur le même réseau de couloirs mieux décorés qu'à l'étage. Des portes donnaient sur les mêmes pièces à présent désertes et Max put s'attarder dans les embrasures, considérant ce qui devait être des bureaux, des halls d'exposition, des salles de réunion ornées de machines à café. Il s'aventura dans ce qui avait l'air d'un salon d'apparat, vaste volume dont la décoration relevait d'une esthétique vaguement soviétique : stucs et moulures, tentures en damas épais, tapis à motifs imprécis, gros meubles disgracieux, lourds de bonne volonté et coiffés de napperons. Il y avait même là, tout au fond, un piano. Un grand piano de concert. Dis donc.

Max, à sa vue, se rendit compte que depuis quelques jours il avait presque oublié la musique. C'était pourtant sa vie, la musique, du moins ça l'avait été. Or c'est à peine si on l'avait évoquée avec Béliard, le temps que celui-ci laisse entendre qu'il faudrait maintenant y renoncer. Max se rappelait d'ailleurs n'avoir guère été bouleversé sur le moment par cette information mais le piano, quand même. Un piano. Max s'approcha très lentement de lui, comme on aborde un animal farouche, comme si l'instrument risquait de s'envoler en piaillant au moindre geste à peine trop brusque. Profitant de l'absence dominicale de Béliard, il éprouvait le désir de voir ce que ce modèle avait dans le coffre, l'envie de le faire parler un peu, ce piano. Mais d'abord, s'immobilisant prudemment à un mètre, il voulut déchiffrer sa marque. Or ni Gaveau ni Steinway ni Bechstein ni Bösendorfer ni rien : nulle signature à la feuille d'or sous le pupitre. Grosse machine anonyme et noire, laquée, luisante, célibataire et close. Progressant encore vers elle sur la pointe des pieds, Max retourna silencieusement ses mains en supination mais, lorsqu'il risqua en douceur le bout de ses doigts vers le clavier pour soulever le cylindre, il apparut que celui-ci était fermé à clef, rendant les touches inaccessibles. Max insista, tentant de forcer ce couvercle mais non, rien à faire, verrouillé. Bernie, parmi ses nombreux talents, eût été parfaitement capable de crocheter la serrure en deux temps trois mouvements, mais plus de Bernie. Bernie aussi, ç'avait été sa vie.

Max dut se contenter de tourner un moment, pas plus de deux ou trois fois, autour du piano fermé. Sans trop y croire il essaya aussi de soulever l'abattant de l'instrument, ne fût-ce que pour examiner la table d'harmonie, le sommier, pour caresser les cordes et promener ses ongles en harpe sur elles mais en vain : verrouillé comme le reste. Pendant ces deux ou trois tours de piano, la petite idée grandit derrière la tête de Max.

Cette idée lui fit reconstituer assez vite et sans mal l'itinéraire vers le hall. Il avançait toujours dans un silence épais qui, non content d'amplifier le bruit de ses pas, faisait aussi naître d'autres bruits divers et flous, frémissements et grondements, plaintes, grincements, bourdons lointains qui stoppaient net dès que Max prenait conscience de leur origine insituable, de leur naissance possible à l'intérieur de lui, sa boîte crânienne formant leur caisse de résonance ou leur chambre d'écho. Quand il se retrouva dans le hall, celui-ci était également vide de tout agent : même le concierge était absent de sa guérite en verre. Max, néanmoins, fit d'abord mine d'examiner les lieux sur un mode désinvolte, distrait mais ouvert à toute curiosité, comme un touriste lâché sans guide dans un château, allant et venant sans méthode apparente un jour d'opération portes ouvertes. Cependant un objectif régissait sa déambulation : se rapprocher, par cercles concentriques et l'air de rien, de la porte à tambour du hall ; celle-ci atteinte, la pousser légèrement pour s'assurer qu'elle n'était pas bloquée ; puis, cela vérifié, la pousser fermement, entrer dans son espace et sortir le plus naturellement du monde. Il éprouva une brève sensation claustrophobique quand il se retrouva trois secondes enfermé dans le sas rotatif de la porte, cependant que la petite idée quittait l'arrière de sa tête pour grandir et envahir entièrement celle-ci – je vais me tirer, bon Dieu, je me tire d'ici.

Pour aller où ? Aucune idée. Une fois dehors, l'essentiel était de s'éloigner le plus possible, ensuite on verrait. L'extérieur consistait en un paysage minimum : passé l'esplanade gravillonnée qui s'étendait devant le Centre, s'ouvrait une allée sommairement goudronnée, ce revêtement se délitant peu à peu en plaques de bitume de moins en moins jointives, entre lesquelles poussaient des touffes de mauvaise herbe. Cette allée devenait assez vite un chemin caillouteux, à peine carrossable et bordé d'arbustes secs au profil de phasme, sans autre perspective que des vallonnements stériles de part et d'autre, indéfiniment.

Rien n'évoquait dans ce paysage l'un ou l'autre de ceux que Max avait aperçus depuis les fenêtres : c'était un stade intermédiaire, gris, neutre et plutôt frais de la nature. Max décida de suivre ce chemin en frissonnant un peu, sans disposer de toute façon d'alternative ni, toujours, avoir la moindre idée de sa destination. Au bout d'environ cinq cents mètres, il pensa à se retourner pour contempler le Centre. C'était, comme l'ascenseur l'avait défini de l'intérieur, un bâtiment très haut, pratiquement une tour d'une quarantaine d'étages, de couleur grise et flanquée d'ailes, d'annexes et de longs bâtiments bas. Tout cela devait pouvoir contenir pas mal de monde.

Il dut marcher deux ou trois kilomètres sur ce chemin désert en rase campagne avant de percevoir un léger bruit de moteur assez grêle, sans doute à deux temps, et qui s'amplifiait dans son dos. Max prit soin de faire comme si de rien n'était jusqu'à ce qu'il entendît le moteur décroître tout près de lui, dans son dos, ronronnant doucement au point mort. Il fallut bien alors se retourner : il s'agissait d'un véhicule de service et de marque inconnue de Max – d'ailleurs, comme sur le piano, nulle mention de fabricant n'était visible. À mi-chemin entre la Mini Moke et les voiturettes qu'on aperçoit sur les terrains de golf, c'était un petit engin tout terrain décapoté, assez chic dans sa simplicité même. Max n'eut pas de mal à reconnaître Dino qui se tenait au volant, bien qu'il eût troqué sa livrée de valet de chambre contre un costume civil bleu électrique de bonne coupe. Il portait également un chapeau qu'il rejeta légèrement en arrière en ouvrant de l'autre main la portière côté passager, sans un mot mais souriant irrésistiblement de tout son émail.

Il n'y avait à l'évidence aucune discussion possible, Max ne pouvait que monter, s'asseoir sans dire un mot. Dino manœuvra le véhicule et l'on repartit sans commentaire en direction du Centre, d'abord en silence puis, comme si Dino sentait que ce silence pouvait se mettre à peser, il commença de fredonner délicatement une mélodie que Max identifia aussitôt – *The Night Is Young And You're So Beautiful* – puis se mit à la chanter vraiment avec toutes ses paroles, à mi-voix, tout en s'improvisant une section rythmique en pianotant du bout des doigts sur le volant. Non content de reconnaître cette chanson, Max reconnaissait de plus en plus précisément le timbre de la voix de Dino. Cette voix de crooner un peu dérisoire, désinvolte et douée mais consciente et se moquant de sa dérision même : Dean Martin à l'évidence, Dean Martin bien sûr, c'était non moins indiscutable qu'assez intimidant car Dean Martin, quand même.

Mais c'était aussi l'occasion de connaître un peu mieux cet artiste, quoique sans manifester qu'on l'avait reconnu, l'autre ayant clairement fait comprendre qu'il tenait à son incognito. Si Dino ne souhaitait pas qu'on l'identifiât, après tout c'était son affaire et Max n'allait pas l'ennuyer avec ça. On pourrait cependant discuter un peu, aborder toute sorte d'autres sujets, je ne sais pas, moi. Dino, dit-il une fois que l'autre eut fini sa chanson, est-ce qu'on ne pourrait pas prendre un verre un de ces jours ? Ça me ferait plaisir de faire mieux connaissance avec vous. L'autre, qui n'était jusqu'ici qu'amabilité détendue, suspendit un instant son sourire, quoique sans hostilité et, se tournant vers Max avec politesse : Personne ne peut me connaître, Monsieur, répondit-il calmement, avant de redéployer son émail éclatant. Max se garda bien d'insister : Dino était un homme tranquille et secret, comme l'avait dit Béliard cela ne pouvait qu'être respecté.

Cependant, alors qu'on roulait vers le Centre sous un ciel presque aussi blanc que ce sourire, Max commença d'imaginer les terribles ennuis qui risquaient de l'y attendre à son retour. Il n'était guère possible d'imaginer les mesures disciplinaires consécutives à sa tentative de fugue ou d'évasion – la nature même du délit restait à définir –, mais des peines sanctionnaient forcément cette conduite. Lesquelles ? La pénitence, la réclusion, le blâme ou les travaux forcés, la comparution devant un conseil de discipline suivie du renvoi pur et simple, encore qu'où pourrait-on maintenant le renvoyer ? Rien de tel pourtant, pour le moment, ne semblait à redouter si l'on considérait l'attitude de Dino, qui pianotait sur son volant toujours aussi décontracté – bien que ce ne fût pas au juste de l'indulgence qui émanait de son comportement, c'était plutôt qu'il avait l'air de s'en foutre, et plus généralement de se foutre de tout, et sans doute pas seulement l'air.

Mais, de retour au Centre, Max ne fut pas accueilli par un rang de gardiens armés impassibles ou d'infirmiers brandissant des seringues, ni traîné vers une geôle ou devant une assemblée d'hommes en noir. Dino se contenta de le raccompagner dans sa chambre où Béliard, assis sur le lit monoplace, l'attendait avec calme en regardant sa montre. Max redouta des remontrances voire des menaces, car peut-être avait-il, en plus, pourri le dimanche de Béliard, son seul jour de congé hebdomadaire – mais non, l'autre se montra tout aussi bienveil-

lant et détaché que Dino. Et même plutôt prévenant. Comme Max allait se lancer dans des explications confuses, Béliard l'interrompit d'un geste.
Ne vous inquiétez pas, dit-il, tout le monde a
essayé un jour ou l'autre. Non, d'ailleurs, nuança-
t-il, pas vraiment tout le monde. Mais vous savez,
nous n'avons rien contre ce genre d'initiative. Au
contraire, c'est très sain, c'est une bonne réaction.
C'est surtout le signe que vous êtes tout à fait
rétabli. Et maintenant, si vous voulez bien préparer vos affaires, ajouta-t-il avec un geste circulaire.
Je n'ai pas d'affaires, rappela Max inquiet. Pardon,
fit Béliard, ce n'était qu'une formule, c'est juste
qu'on va vous changer de logement.

Max s'attendait encore au pire – obscur cachot,
cellule capitonnée, mitard – eh bien non, pas du
tout, il semblait qu'on eût même décidé de l'installer mieux. Située au même étage, plus grande et
surtout bien plus claire que la première, sa nouvelle chambre disposait d'une porte-fenêtre à deux
battants vitrés accédant à une terrasse d'où l'on
jouissait d'une vue dégagée sur le parc. Ce soir
encore, Max prendrait son dîner dans sa chambre
et Béliard, l'ayant prévenu qu'il l'inviterait à déjeuner au restaurant le lendemain, lui fournit une
paire de jumelles grâce auxquelles Max put se faire
une idée générale du parc jusqu'à la tombée de la
nuit.

En apportant le plateau de Max, Dino qui avait
revêtu sa livrée s'émerveilla de cette nouvelle
chambre, ne tarissant pas d'éloges sur l'ameublement, l'agencement fonctionnel et la couleur des
murs. C'est beaucoup mieux que chez moi, fit-il

observer, et en plus vous avez une de ces vues, wow. En émettant cette interjection, il ressemblait tellement de plus en plus à ce qu'il était à l'évidence que Max, n'y tenant plus : Allez, Dino, s'exclama-t-il, je vous en prie, reconnaissez que c'est vous. Qui, moi ? s'assombrit le valet. Vous savez parfaitement ce que je veux dire, s'énerva Max, je suis sûr que c'est vous. Je vous connais, je vous ai vu souvent au cinéma, je vous ai encore revu à la télé il n'y a pas plus d'un mois dans un film de Tashlin. J'ai même eu des disques de vous. Allez, admettez-le, ça restera entre nous. Monsieur, déclara fermement Dino, vous m'êtes tout à fait sympathique mais je vous serais bien reconnaissant de ne plus aborder cette question. D'accord ?

17

Le lendemain, vers midi et demie, Béliard vint chercher Max histoire de vous socialiser un peu, expliqua-t-il. Ce ne serait pas bon pour vous de rester isolé dans votre coin, il ne faut pas rester coupé du monde, il est toujours bon d'échanger. Ce serait donc le premier repas que Max prendrait hors de sa chambre, au sortir de laquelle on croisa Doris dans le couloir. Elle était là, paraissant traîner dans le secteur sans avoir grand-chose à faire, comme si elle n'attendait que de rencontrer Max. Et, bien que celui-ci, nous l'avons dit, n'eût jamais été ce qu'on appelle un séducteur, jamais été sensible aux appels plus ou moins subliminaux qu'on pouvait lui adresser car jamais assez sûr de lui pour les considérer comme tels, il lui sembla que Doris le regardait plus précisément, lui souriait avec plus d'acuité. Même son maquillage et sa démarche, plus souple et dansante qu'à l'ordinaire, n'étaient pas les mêmes que les autres fois, comme si quelque chose, enfin je ne sais pas. Mais qu'est-ce que tu te racontes. Qu'est-ce que tu vas imaginer.

Ce n'est pas le seul restaurant du Centre, bien sûr, mais celui-ci n'est pas mal, annonça Béliard en faisant parcourir à Max un nouveau réseau de couloirs qui ne passeraient pas, cette fois, par l'accès à l'ascenseur. On ne pourrait pas s'en sortir, sinon, poursuivit-il. En fait il y en a un à chaque étage. Nous sommes sectorisés, n'est-ce pas, les gens sont regroupés par zone géographique. Ceux que vous allez voir n'habitaient pas très loin de chez vous. Vous risquez de tomber sur des types que vous avez connus. Ils ne sont ici que pour une semaine, de toute façon, comme vous. D'accord, dit Max, mais pourquoi seulement des types ? Ah, fit Béliard, je ne vous ai pas dit que le Centre n'est pas mixte ? La section femmes est installée ailleurs. Ça peut paraître un peu passéiste, je sais, c'est un point qui a été beaucoup débattu avec la direction, mais pour le moment on s'en tient là. On verra. On a le temps. On a tout le temps. D'ailleurs nous y voilà. Après vous, je vous prie.

C'était un espace propre à contenir deux ou trois centaines de personnes, assises autour d'une quarantaine de tables dressées pour six. Il y avait là surtout des hommes âgés, bien sûr, qui mangeaient lentement et peu sans regarder autour d'eux, mais il y en avait aussi de plus jeunes, parfois de l'âge de Max, et qui redemandaient gaiement du vin. Parmi ceux-ci l'on comptait une proportion plus importante d'accidentés, d'assassinés et de suicidés qui exhibaient pour la plupart des souvenirs de blessures graves – perforations à l'arme blanche, impacts de projectiles, traces de strangulation et autres fractures du crâne. Certes, les chirurgiens avaient dû traiter ces lésions comme ils avaient agi sur celle de Max, rendant leurs cicatrices à peine visibles, mais ces stigmates restaient quand même souvent distincts chez certains et, selon l'allure particulière de chacun, ç'aurait pu être un jeu d'essayer de deviner ce qui s'était passé. Quoi qu'il en fût, ce passé ne semblait pas couper l'appétit de qui que ce fût. Bien, dit Béliard, je vous laisse. On va s'occuper de vous, je vous retrouve après.

Un maître d'hôtel s'approchait en effet, qui précéda Max vers une table où une place libre se présentait. Comme à première vue Max ne reconnut personne parmi ses commensaux, et comme aucun d'entre eux ne prit l'initiative de lui adresser la parole, il entreprit d'abord d'examiner les lieux puis le personnel. Il s'agissait donc d'une salle de très grandes dimensions, angles monumentaux et vastes perspectives, qui n'évoquait en aucun point le réfectoire ou le mess, ni la cantine de collectivité. Tout dénotait au contraire une allure de très grand restaurant – tentures plissées, lustres chargés, cataractes de plantes vertes en suspension, nappes et serviettes brodées immaculées, lourde argenterie gravée, porte-couteaux prismatiques, fine porcelaine monogrammée d'un entrelacs indéchiffrable, cristal éclatant, carafes guillochées, petites lampes de cuivre et bouquets variés sur chaque table.

Le service était supervisé par un maître d'hôtel principal vêtu d'un smoking noir, chemise et col cassé empesés, nœud papillon noir et gilet blanc, chaussettes noires et chaussures noires non vernies avec talon en caoutchouc. Il était assisté par des maîtres d'hôtel adjoints en frac, gilet et pantalon noirs, chemise et col cassé empesés, nœud papillon noir, chaussettes noires et chaussures noires non vernies avec talon en caoutchouc. Ceux-ci menaient eux-mêmes une brigade de chefs de rang en spencer blanc croisé, gilet noir très échancré, pantalon noir, chemise empesée blanche, col cassé, nœud papillon blanc, chaussettes noires et chaussures noires non vernies avec talon en caoutchouc. Quant aux sommeliers qui vérifiaient sans cesse les niveaux dans les verres, ils étaient en rondin, gilet et pantalon noirs, chemise empesée blanche, col cassé, nœud papillon noir, tablier en grosse toile noire avec poches plaquées et attache de cuir ; un insigne figurant une grappe dorée était fixée au revers gauche du rondin.

Plus bas dans la hiérarchie, des commis de suite assistés de commis débarrasseurs assuraient la liaison entre la table de service de leur chef de rang et les services de l'arrière, lieux invisibles dans lesquels, sous l'autorité d'un chef de cuisine comme dans tout établissement qui se tient, devait évoluer une armée de commis, cafetiers, passe-plats, plongeurs, argentiers, vaisseliers, verriers, cavistes, économes et fruitiers – cependant qu'au sommet de la pyramide, évoluant en marge des tables et veillant discrètement au grain, le directeur du restaurant portait un veston et un gilet en tissu gris marengo, une chemise et un col blancs empesés, une cravate grise, un pantalon rayé, des chaussettes noires, des souliers noirs et des cheveux impeccablement argentés.

Sans doute arrivés au Centre avant Max, donc forcément plus informés, les types autour des tables avaient l'air bien plus au courant que lui des deux orientations possibles – parc ou section urbaine –, chacun s'interrogeant sur son propre devenir sans négliger, quelquefois non sans perfidie, celui des autres. Cela spéculait sec, on pariait en sous-main, Max écoutait. Avant d'être informé du principe de non-mixité, il avait pu caresser quelques instants l'idée toujours envisageable de retrouver Rose au restaurant mais bon, n'en parlons plus.

Les sessions étant donc hebdomadaires, certains, présents depuis cinq ou six jours, avaient eu le temps de prendre langue et se connaissaient entre eux. Max se sentit accueilli comme un nouveau qu'on va dresser, on lui passait le sel sans un regard, on ne lui adressait pratiquement pas la parole. Il lui sembla ne recueillir un peu de sympathie qu'auprès du trancheur en tenue de cuisine immaculée et qui, circulant autour des tables avec sa petite voiture roulante chromée, taillait la viande sur mesure après avoir présenté aux clients les pièces à découper : il semblait qu'on eût le choix ce jour-là entre les poussins à la Polonaise et la selle de chevreuil sauce Cumberland. Une fois qu'il eut opté pour les poussins, Max consomma le reste du menu jusqu'au café en attendant que Béliard passât le récupérer.

Plus tard, dans l'ascenseur : Alors, demanda Béliard, vous avez retrouvé du monde ? Non, répondit Max qui, n'ayant croisé au restaurant personne de sa connaissance, mais que la présence au Centre de Doris et Dino – même si celui-ci s'agrippait à l'incognito – avait impressionné, fit part d'un peu de sa déception de n'avoir pas rencontré d'autres célébrités. Sur ce point vous en serez pour vos frais, dit Béliard qui exposa que, si l'un des principes du Centre était de recycler d'anciennes personnalités pour faire partie du personnel, des quotas étaient cependant respectés, tout ça était contingenté : pas plus de deux par étage. Par exemple au niveau du dessous, précisa-t-il, vous avez Renato Salvatori et Soraya. Certaines de ces gloires passées, affectées à demeure, se voyaient dispensées de l'alternative entre section urbaine et parc. Statut sans risque, certes, mais aussi sans avenir.

Max s'apprêtait à lui faire développer cette question de l'avenir quand la sonnerie discrète de l'ascenseur fit savoir qu'on était arrivés. Passons sur les nouveaux couloirs qui débouchèrent, cette fois, sur une entrée bien différente de celle par où Max avait tenté de s'enfuir. Ici point de système à tambours de vieil hôtel colonial, nulle guérite, aucun dégagement sur une cour de gravier : ici deux hautes et larges portes vitrées donnaient de plain-pied sur la nature. Allons-y, dit Béliard, suivez-moi. Une petite promenade digestive, ça vous dit ? Bien volontiers, dit Max.

Pour commencer, on grimpa sur un promontoire d'où Max pourrait envisager la structure générale du parc. Il s'agissait donc d'une immensité végétale de forme à peu près ronde, mais d'une telle ampleur que son tour d'horizon semblait excéder les trois cent soixante degrés. Elle était composée de paysages étonnamment variés, heureusement combinés, montage de toutes les entités géomorphologiques imaginables – vallées, collines, escarpements, canyons, plateaux et pics, etc. –, parmi lesquelles se déployait un réseau hydrographique très développé : çà et là, fugaces ou fixes, des brillances révélaient ou suggéraient des fleuves, des rivières et des lacs, des mares, des étangs, des bassins et des jets, chutes et miroirs d'eau, à l'horizon de quoi l'on devinait un bord de mer.

Dès qu'on fut redescendu au pied du promontoire, Max vit un foisonnement végétal commencer de s'étendre vers cet horizon, concert d'arbres et de plantes où cohabitaient toutes les espèces poussant sous les climats les plus variés – le pin côtoyant l'orme et l'if le térébinthe – comme on en voit dans certains jardins portugais mais en plus exhaustif encore, au point que pas une des trente mille espèces d'arbres recensées dans le monde n'avait l'air de manquer. Poursuivons, dit Béliard, on va voir ça d'un peu plus près. Ils s'engagèrent dans un chemin d'un style tout opposé à celui par lequel Max avait tenté de s'enfuir, abondamment fleuri, environné d'arbres fruitiers, ornementaux et forestiers, d'épineux et de lianes entrelacées. Au sein de cette vaste flore, naturellement, la faune n'était pas en reste. Des lapins détalaient dans les buissons, furtifs comme des mécanismes, des partis de colibris versicolores striaient le ciel de branche en branche, et à mi-hauteur bourdonnaient des insectes de luxe, triés sur le volet – libellules émaillées, coccinelles laquées, cétoines métallisées. Au-delà, certains singes mal élevés se balançaient aux lianes en poussant leurs cris à la con pendant que d'autres singes, plus calmes et mieux disciplinés, cueillaient des fruits dans les poiriers, l'anse d'un joli panier d'osier sagement coincée dans la saignée de leur coude.

De loin en loin, bientôt, se laissèrent distinguer de petites maisons très espacées parmi les arbres et d'allures aussi variées qu'eux. Ces constructions pouvaient dénoter diverses origines culturelles, de la case à la yourte, de l'isba au pavillon de thé traditionnels, mais on apercevait aussi des édifices plus modernistes, structures gonflables en propylène, habitacles en béton avec cockpit vitré, conteneurs autoporteurs ou capsules monocoques en plastique – il y avait même un module Algeco. Elles présentaient toujours deux particularités. Chacune, d'abord, était de taille réduite, conçue pour n'abriter qu'une ou deux personnes tout au plus, et ensuite presque toutes semblaient rapidement démontables et remontables en peu de temps, quand elles n'étaient pas tout simplement montées sur roues. Comme Max s'en étonnait, Béliard expliqua que la mobilité géographique était un mode de vie des occupants du parc, nomadisme que ses très amples dimensions permettaient. Disséminées dans le paysage, ces habitations mobiles se tenaient le plus souvent à bonne distance les unes des autres bien que certaines, plus sédentaires, installées dans les arbres au milieu des branches, pussent former un réseau que reliaient des trottoirs suspendus, courant de platane en séquoia.

Mais toutes ces demeures, dont on devinait parfois quelques occupants, Max ne les voyait que de trop loin. On ne pourrait pas s'approcher un peu ? demanda-t-il. Non, répondit Béliard, on ne peut pas. Il ne faut pas les déranger, ils n'aiment pas ça. Ils tiennent à leur tranquillité. Et puis vous avez le statut de visiteur, n'est-ce pas, je ne peux pas vous laisser rencontrer les pensionnaires. Je peux vous dire en tout cas qu'ils sont au calme, chacun chez soi dans son petit intérieur dont il a choisi le style. C'est une formule qui plaît. Comme le parc est très vaste, on peut y vivre en paix, on n'est pas les uns sur les autres. Mais ils se retrouvent, quelquefois. Ils disposent d'équipements pour les activités sportives, il y a des terrains de golf, des tennis, des clubs nautiques sur les plans d'eau, tout ça. Je dois dire que les prestations sont bien. Ils organisent aussi des petits concerts de temps en temps, des petits spectacles, personne n'est obligé d'y assister, bien sûr. Chacun fait comme il veut. Je vais quand même vous faire voir un logement de plus près. On peut aller y jeter un œil, c'est inoccupé en ce moment.

Il guida Max vers un minuscule cottage de type anglo-saxon flanqué d'un jardinet foisonnant de roses et d'anémones, de phlox et de nigelles, de cléomes et de pavots, sous les arcs-en-ciel fugitifs que déployait le système d'arrosage automatique, à l'ombre des lentisques et des liquidambars. Mais regardez-moi ça comme c'est joli, s'émerveilla Béliard, ils peuvent même cultiver leur jardin. Et puis il y a des arbres fruitiers tant qu'on veut dans le parc, voyez-vous, on peut tranquillement manger de tout. Enfin, quand je dis de tout, à vrai dire c'est surtout de la papaye, hein. C'est qu'il n'y a pratiquement pas de saisons ici, n'est-ce pas, le climat est idéal. Donc ça pousse sans arrêt, la papaye, ça n'arrête pas. Enfin tout à fait entre nous, la papaye, il faut aimer ça, personnellement je ne la digère pas bien. Je vais quand même vous montrer quelques maisons plus exotiques, on va profiter de ce qu'il n'y a personne. Normal, d'ailleurs, elles sont moins confortables, elles servent surtout de lieux de passage.

Max put donc admirer, tour à tour : une loge construite sur piliers de chêne, avec poutres en marronnier et perches en saule, le tout couvert de chaume composé de couches d'aiguilles de pin disposées sur un treillis d'osier ; une cabane circulaire dont la charpente, les murs et les toits étaient un entrelacs de roseaux, de bambous et de joncs ; une hutte au sol couvert de nattes de feuilles de palmiers tissées avec de la laine de chèvre, et dont la toile épaisse des parois et des toits tenait par de grosses cordes ligaturées ; une cagna conique au châssis en flèche construite sur des assises de briques enduites d'un mortier constitué de boue, d'herbe hachée, de fumier

116

de cheval, cimentées à la tourbe et à la bouse de vache.

Tout ça fait quand même un peu musée de l'Homme, reconnut Béliard, c'est assez ethnographique, on va s'arrêter là. Mais vous avez aussi des choses moins exotiques, voyez. Max aperçut en effet, comme ils marchaient, des cabanons méditerranéens, des abris de pêcheurs ou de jardins ouvriers et même, encore plus bricolés, des caravanes, wagons ou fourgons détournés, des bunkers et blockhaus customisés, des coques de bateaux renversées. Vous voyez, dit Béliard, il y a de tout, c'est au choix du client. Oui, dit Max, et c'est chauffé comment ? Tout est climatiquement très étudié, sourit Béliard, on n'a pas besoin de chauffage ici, jamais, pas plus que de ventilateurs. Enfin voilà, conclut-il, c'était pour vous donner une petite idée du parc, de toute façon vous serez fixé demain. Mais vous voyez comme vous pourriez être bien, non ? Oui, reconnut Max, la seule chose, c'est que j'aurais un peu peur de m'ennuyer. Ah, dit Béliard, ça, évidemment c'est tout le problème. Bon. Eh bien il se fait tard, je crois qu'on va rentrer.

Comme il regagnait sa nouvelle chambre, Max croisa de nouveau Doris dans le couloir. Elle s'arrêta à sa hauteur, tout sourire, vous n'avez besoin de rien ? Tout va bien, assura Max, tout va très bien. Alors vous avez pu visiter le parc, vous avez vu comme c'est joli ? Magnifique, certifia Max, vraiment beau. Eh bien je vais vous laisser, j'ai fini mon service, indiqua Doris, je vous souhaite une bonne nuit. Bonne nuit, dit Max, bonne nuit. On se quitta sur des sourires prolongés, des regards appuyés. Puis Max n'était pas rentré dans sa chambre depuis trois minutes qu'on frappa à la porte. C'était encore Doris qui entra sous un prétexte futile, prétendant que les femmes de service y avaient oublié quelque chose, cherchant en vain cette chose puis se retournant fougueusement vers Max et, contre toute attente, lui tombant dans les bras. Et c'est ainsi que Max Delmarc, un beau soir, posséderait Doris Day.

18

Nuit d'amour avec Doris Day

19

Le lendemain matin, Max s'éveilla très tard et tout seul dans son lit. Comme il s'y retournait d'abord une ou deux fois, les yeux encore fermés, le premier mouvement de sa pensée fut spontanément de se rappeler sa nuit. De prime abord, ce phénomène avec Doris paraissait à ce point improbable qu'il le soupçonna d'être un rêve mais, une fois qu'il eut ouvert l'œil, se dressant brusquement sur son séant pour examiner sommairement les draps, l'état de ceux-ci lui confirma la réalité du fait. Il se laissa retomber sur le dos, ramenant les couvertures sur lui en soupirant avec satisfaction. Puis, une fois qu'il se fut projeté les principaux temps forts de la nuit, survint le deuxième mouvement de sa pensée : c'est pour aujourd'hui, se souvint-il. C'était ce jour-là, selon Béliard, qu'il devait être informé de son avenir.

Dans l'attente de ce verdict, Max entreprit de faire à nouveau le point sur sa vie, comme il l'avait fait après son opération mais de façon plus strictement canonique : examen de conscience exhaustif fondé sur un protocole reconnu. Récapitulons donc : je n'ai jamais tué personne, pratiquement jamais volé quoi que ce soit, aucun souvenir du moindre faux témoignage et j'ai rarement juré. J'ai toujours pris soin de me reposer le dimanche et, quant à mes parents, je crois que j'ai fait ce que j'ai pu. Si je n'ai pas eu l'occasion d'étudier à fond la question de l'adultère, il y a certes plus généralement celle de la convoitise du bien d'autrui, épouses incluses, sur lequel je n'ai peut-être pas toujours été tout à fait clair. Mais bon, rien d'excessif. Reste enfin, bien sûr, le problème du divin sur lequel j'estime avoir été plutôt correct. Sceptique mais honnête. Hésitant mais respectueux. À part ça, je crois que je ne vois rien. Je conviens qu'il m'est arrivé de boire exagérément mais, d'abord, vu ma profession, je crois avoir eu des circonstances atténuantes et, ensuite, il me semble que rien dans le décalogue n'évoque directement la question de l'alcool. Quoi d'autre ? En gros je crois pouvoir dire que je me suis, oui, plutôt bien tenu. Ça devrait aller. Ça devrait bien se passer. Encore que le parc, bon, je ne sais pas si ça me dit tant que ça mais on verra.

Plutôt satisfait de ce panorama, Max se reprojeta ensuite le film de sa nuit avec Doris. Vraiment elle était sexuellement formidable, très imaginative pour autant qu'il pût en juger, lui qui, faute d'assez d'expérience car n'ayant jamais connu grand-chose dans sa vie que deux ou trois amours malheureuses et quelques putes, ne pouvait que supposer qu'elle avait en effet plein d'idées – bien qu'en ce domaine on puisse rarement dépasser, en s'essoufflant, la dizaine ou douzaine d'idées possibles avec leurs variations, puis sorti de là c'est toujours un peu la même chose. Mais par exemple, une bonne partie de la nuit, elle avait pratiqué de longues pipes étonnamment sophistiquées dont Max, quand il écoutait ses chansons dans le temps, n'aurait jamais pensé que de tels raffinements pussent être imaginés par elle, malgré tout son talent d'artiste. Il ne l'aurait pas vue comme ça.

Il était un peu moins de midi et lui, toujours couché, en était là de ses réflexions quand Béliard entra dans sa chambre avec une expression inhabituelle quoique très discrète sur le visage, à mi-chemin de la réprobation et de l'amusement. Tout va bien ? demanda Béliard, vous avez bien dormi ? Pas mal, répondit Max en se demandant si par hasard l'autre ne serait pas au courant des détails de sa nuit. Bon, dit Béliard avec brusquerie, j'ai le résultat. Je viens vous mettre au courant, ils ont statué ce matin. Allez-y, dit Max.

Je suis désolé, dit Béliard, vous êtes orienté en section urbaine. Eh bien d'accord, dit Max en se demandant encore si par hasard la nuit avec Doris n'aurait pas pesé dans le verdict, constituant une entorse au principe de non-mixité qui pouvait aussi bien s'étendre à une intolérance plus générale à l'endroit de la sexualité. Aussi bien. Cependant, malgré les légères réticences qu'il avait affichées à propos du parc et qui n'étaient en fait que le fruit d'une coquetterie, car provenant de ce qu'il pensait y être affecté d'office, une inquiétude le saisit. On ne lui avait rien dit de précis, au fond, sur cette histoire de section urbaine, d'ailleurs qu'est-ce que c'était que ce nom idiot récupéré sur les anciens tickets de métro.

J'avoue que je ne comprends pas bien, dit-il, cela me paraît assez injuste. Avec la vie que j'ai menée, toute au service de l'art, je pensais pouvoir prétendre à plus d'indulgence. Vous savez, se radoucit Béliard, je ne vous cache pas qu'il y a toujours une petite part d'arbitraire dans les délibérés. Ce n'est pas automatique. Ça se passe souvent comme ça, c'est quasiment l'usage. Puis il faut respecter des quotas, ajouta-t-il sans plus de précisions. Et il n'y a pas moyen, toussa Max, il n'y aurait pas moyen de faire appel ? Non, dit Béliard. Ça, par contre, ce n'est pas du tout l'usage. Mais ne vous inquiétez pas, ne le prenez pas en mauvaise part. Et puis franchement, le parc, tout à fait entre nous, ce n'est pas si drôle tous les jours, il arrive qu'on s'y ennuie un peu. Bien sûr vous avez le soleil tout le temps, mais vous êtes bien d'accord avec moi que le meilleur du soleil, c'est l'ombre. Il y en a même qui ne supportent pas bien du tout au début, et puis au bout du compte ils s'habituent. Ils ne peuvent pas trop faire autrement, notez.

Bon, dit Max, je veux bien, mais ça consiste en quoi au juste, votre histoire de section urbaine ? C'est tout simple, dit Béliard, les gens se font un tas d'idées là-dessus mais vous verrez que ce n'est pas si mal non plus. On va tout simplement vous renvoyer chez vous, voilà. Enfin quand je dis chez vous, je veux dire à Paris, n'est-ce pas. Et jusqu'à quand, s'inquiéta Max, ça s'arrêtera quand ? Tout est là, dit Béliard, ça ne s'arrêtera pas. C'est un peu le principe du système, si vous voulez. Mais si ça peut vous rassurer, je vous le rappelle, pour ceux du parc non plus ça ne va pas s'arrêter. Et comme Max allait se dire qu'un tel retour lui permettrait de retrouver les siens, revoir des gens, reprendre une activité normale, Béliard prévint aussitôt sa pensée.

Il n'y a que trois grandes règles en section urbaine, précisa-t-il. La première, c'est qu'il est interdit de contacter des personnes qu'on a connues de son vivant, interdit de se faire reconnaître, interdit de renouer des liens. Mais ça, dit Béliard d'un air entendu, ça ne devrait pas poser de problèmes. Et pourquoi donc, souhaita savoir Max. On va modifier de petites choses dans votre apparence, annonça Béliard, des petits trucs. Mais ne vous en faites pas, c'est très discret. Mais je ne veux pas, s'insurgea Max vivement, je refuse. Je vous dis de ne pas vous inquiéter, dit Béliard. Quand on vous a remis en état l'autre jour, on a déjà procédé à des détails de mise au point en chirurgie plastique. Lesquels ? s'affola Max en passant ses mains sur son visage. Vous voyez, dit Béliard, vous ne vous en êtes même pas aperçu. Vous allez maintenant subir une nouvelle intervention, rien de bien compliqué, de légères finitions, quelques menus réglages et ensuite personne ne pourra vous reconnaître. En ce qui concerne l'apparence, c'est donc nous qui nous en occupons. Je vous le répète, rien de bien méchant. Et je vous rassure tout de suite, ça ne changera pas grand-chose pour vous. Les gens n'imaginent pas comme on est tranquille incognito.

Le point suivant, c'est que vous devez aussi changer d'identité, bien sûr. Là, par contre, c'est à vous qu'il revient de vous en occuper, c'est à vous de voir pour les papiers. Enfin, objecta plaintivement Max, je n'y connais rien, voyons, je ne saurai pas comment m'y prendre. Ce n'est pas mon affaire, dit sèchement Béliard en retrouvant sa brusquerie mais, voyant l'air éperdu de Max, il finit par se fouiller pour extraire de sa poche un carnet qu'il feuilleta. Je pourrais toujours vous donner une adresse, dit-il, mais c'est en Amérique du Sud et je ne suis même pas sûr que ça marche encore. Je vais quand même essayer de vous organiser un petit stage dans ce coin. Mais je ne connais pas du tout ces régions, répéta Max, je ne sais même pas comment y aller. On va vous donner un coup de main pour commencer, dit Béliard, mais ensuite ce sera à vous de vous débrouiller. Bien. La troisième règle, comme je vous l'ai déjà indiqué, c'est qu'il est interdit de reprendre votre ancienne activité. Au sens large, n'est-ce

pas, cela s'étend à toute pratique professionnelle apparentée à celle que vous exerciez. Vous
n'allez plus pouvoir faire l'artiste comme avant,
voyez-vous, il va falloir exercer un vrai métier
comme tout le monde. Il faudra que vous
trouviez quelque chose. Mais là-dessus aussi,
vous aurez un peu d'assistance au départ. Et
l'argent ? demanda Max. C'est prévu, répondit
Béliard, on vous donnera également un petit
quelque chose pour commencer. Eh bien je
crois que je vous ai tout dit, votre opération est
programmée dans vingt minutes et vous partirez
aussitôt après. Je repasse vous prendre dans un
moment.

À peine eut-il fermé la porte derrière lui
qu'elle s'ouvrit sur Dino dont le sourire était un
ton au-dessous de son registre habituel. Alors
vous nous quittez, Monsieur, dit gravement
Dino. Oui, dit Max d'un ton soucieux, ils me
renvoient chez moi, je ne sais pas trop ce qui va
se passer. J'ai appris cela, Monsieur, je suis
désolé. Dino, s'avisa Max, est-ce que je pourrais
avoir un petit verre, je crois que là, ça me ferait
du bien. Je crains que ce ne soit difficile, Monsieur, dit le valet, votre séjour est terminé. À
vrai dire je suis venu préparer la chambre pour
la personne suivante, voyez-vous, ça ne reste
jamais longtemps inoccupé. C'est le problème
avec ce métier, n'est-ce pas, le turn-over est très
rapide et on n'a pas trop le temps de se lier. Je
comprends, dit Max, je comprends.

Béliard reparaissant alors, accompagné du
brancardier, Max fit rapidement ses adieux au

valet. Bon, eh bien au revoir, Dino, merci et pardon de vous avoir embêté. M'embêter, Monsieur ? fit Dino. Mais pas du tout, voyons, jamais. Si, dit Max, vous savez, cette question que je vous avais posée. Voyons, Monsieur, fit Dino en redéployant son sourire classique assaisonné cette fois d'un clin d'œil inhabituel – citation directe d'une scène avec Raquel Welch dans le film *Bandolero !* Bien, bien, allons-y, dit Béliard avec impatience.

De retour au bloc opératoire, Max n'eut droit à aucun commentaire du chirurgien qui, d'ailleurs, n'était pas celui de l'autre jour. Pour l'endormir on ne procéda pas non plus par injection comme il s'y attendait : ce fut cette fois un masque anesthésiant, promptement plaqué sur son visage, qui le fit à nouveau sombrer dans le sommeil artificiel sans qu'il eût le temps de se demander où, quand, comment et même tout simplement si, un jour, il se réveillerait.

III

20

Ce furent les sursauts désordonnés d'un hydravion qui l'éveillèrent, petit appareil jaune amerrissant dans la blancheur de l'aube au milieu d'un grand fleuve couleur mastic. Ouvrant les yeux, Max aperçut au loin, à droite, une ville d'assez bonne taille et d'aspect délabré au bord de l'eau. Iquitos, indiqua sobrement le pilote, jeune type à moustache linéaire, faciès de marbre ocre et fausses Ray-Ban foncées traitées à l'iridium.

À présent immobile, l'hydravion se balançait à la surface du fleuve, dans la chaleur extrême régnant à cette heure-ci déjà. Le jeune type déclencha l'ouverture de la porte au bout de quelques minutes, son menton désignant une pirogue à moteur qui approchait à vive allure puis s'immobilisa près des flotteurs de l'appareil. Max remercia le pilote d'un geste avant de sauter sur la pirogue qui redémarra aussitôt en direction du terminal fluvial situé en amont de la ville. Le piroguier semblait aussi peu bavard que le pilote et Max n'était muni que d'un petit sac dont il ignorait la provenance, contenant un nécessaire de toilette qu'il ne se rappelait pas non plus avoir acheté. Rien d'autre, pas d'effets de rechange, juste une enveloppe contenant un pécule en monnaie locale inconnue de lui, avec un bout de papier où étaient notés l'adresse d'un hôtel et un numéro de téléphone précédé du prénom Jaime. Ce pécule suffirait peut-être pour vivre quelque temps dans un pays à devise faible, ce qu'à première vue, de loin, l'allure assez misérable des lieux dénotait. Max n'osa pas essayer de demander au piroguier dans quel coin de l'Amérique du Sud on se trouvait au juste, cela aurait pu lui sembler bizarre et Max en était de toute manière incapable, ne parlant ni l'espagnol ni le portugais. Quoi qu'il en fût, il faudrait se débrouiller d'abord pour acheter quelque chose à se mettre car il ne portait actuellement qu'une chemise et un pantalon de toile sans ceinture, avec des chaussures jaunes qui lui faisaient un peu mal.

Située au nord-ouest du continent sud-américain et à égale distance de trois frontières, coincée entre la forêt tropicale et l'Amazone, Iquitos est une ville de trois cent mille habitants bâtie sur la rive droite de ce cours d'eau considérable. Elle a été officiellement désignée comme port fluvial amazonien par l'article unique de la loi n° 14702, le 5 janvier 1964. Sa température moyenne est de trente-six degrés.

Encerclée par le fleuve et quelques-uns de ses bras, Iquitos peut aussi apparaître comme une sorte d'île puisque aucune route n'y accède : on ne peut s'y rendre que par l'air ou par l'eau. Le long de la rive se succèdent de petits embarcadères comme celui dont on approchait, à l'arrière-plan duquel stationnait un véhicule Ford occupé par deux hommes prénommés Oscar et Esau, qui finirent par s'en extraire pour venir accueillir Max.

Beaucoup plus jeune qu'Esau, plus volubile et rond, chemisette et chaînette au cou, Oscar parlait un excellent français. Sans nommer directement Béliard, il laissa entendre qu'il était au courant de son influence et des formalités dont Max devait s'acquitter, avant de l'inviter à monter dans la voiture. On s'engagea sur la route défoncée qui devait mener au centre-ville. Costume foncé, cravate, cheveux plaqués, lunettes épaisses à grosse monture, Esau se contentait de conduire en silence et lentement la vieille Ford bleu pétrole cabossée dont les sièges et le volant étaient houssés de peluche jaunâtre et dont, à la base du pare-brise, un plan horizontal était couvert d'un tapis protecteur en velours rouge matelassé à franges dorées. Comme ce tapis instable glissait sans cesse de son support, tombant au moindre nid de poule, Esau passait la plupart de son temps à le remettre patiemment en place, d'une main, semblant tenir par-dessus tout au maintien de cet objet qu'Oscar aidait parfois à rajuster. Constamment distrait par cette tâche, Esau roulait extrêmement peu vite, à une moyenne de trente-cinq kilomètres horaires avec pas mal de pointes à vingt. Quand il advint que, sans raison apparente, un des deux essuie-glaces se mit spontanément à fonctionner, râpant dans un bruit rauque le pare-brise étoilé, Esau actionna vainement toutes les manettes du tableau de bord pour l'interrompre avant de laisser tomber. Il faisait de plus en plus chaud dans la voiture démunie de climatisation, et le tapis protecteur qui continuait de glisser, Esau finit par le laisser, lui aussi, tomber.

À Iquitos, au coin de Fitzcarrald et de Putumayo, ce qu'on avait réservé pour Max au deuxième étage de l'hôtel Copoazú consistait en une chambre tout ce qu'il y avait d'élémentaire et dont la fenêtre donnait immédiatement sur un mur. Lit de fer pour une personne, petit téléviseur d'hôpital fixé à la cloison, chaise en plastique et table de nuit supportant une lampe, un téléphone ainsi que la télécommande du récepteur, pas plus. Le cabinet de toilette était congru, et Max différa tant qu'il put le moment d'y aller regarder dans le miroir à quoi il ressemblait maintenant. Allongé sur le lit, la nuque cassée par l'oreiller trop maigre adossé au montant métallique, il fit d'abord défiler une quarantaine de chaînes publiques et privées, régionales, limitrophes et nord-américaines. Les trois chaînes nationales transmettaient des résultats électoraux dont Max, bien que saisissant très mal la langue, crut comprendre qu'ils étaient contestés. Cependant il ne pensait qu'à son visage, dans la peur et dans l'impatience, redoutant ce qu'il désirait voir.

Il finit par décider d'aller se raser, se peigner et se brosser les dents pour se rendre dans la salle d'eau privée de fenêtre. Comme le néon, au-dessus du miroir, ne fonctionnait évidemment pas, il ne s'aperçut qu'en silhouette mais en tout cas, juste vu comme ça, rien ne semblait avoir significativement changé. Il attendit encore un bon moment devant le téléviseur avant d'appeler la réception pour demander dans son petit anglais de base que l'on vînt remplacer ce néon – *please could you change the light in the bathroom, it doesn't work. – Si señor –*, ce qui prit toujours pas mal de temps. Puis, cette réparation effectuée, Max se retrouvant seul prit une profonde inspiration avant d'oser aller se regarder.

Joli travail. Ils n'avaient pas raté leur coup. Si Max, à l'évidence, était méconnaissable, on ne pouvait attribuer sa transformation à rien de particulier. Ni son nez ni son front, ses yeux, ses joues, sa bouche ou son menton, rien n'avait changé. Tout était là. C'était plutôt la structure de ces organes, leurs relations entre eux qui s'étaient insensiblement modifiées, quoique Max lui-même n'aurait pas su dire de quelle manière au juste, dans quel ordre et dans quel sens. Mais le fait est qu'il n'était plus le même, ou plutôt le même quoique sans conteste un autre : si son visage pourrait vaguement dire quelque chose à qui l'avait connu, ça n'irait sûrement pas plus loin. Il s'enhardit à ouvrir grand la bouche pour s'assurer qu'on lui avait bien laissé ses dents : on les lui avait laissées, il reconnut ses vieux plombages et sa petite prothèse mais là encore, indéfinissable, semblait pourtant régner un nouvel ordre maxillaire.

Perplexe, non moins soulagé qu'horrifié, Max ouvrit le robinet du lavabo pour tenter de se servir un verre d'eau. Mais d'abord il tremblait tellement qu'il dut s'y reprendre à plusieurs reprises pour emplir un infâme gobelet. Mais ensuite l'eau du robinet, qui requiert sous nos climats européens soixante-deux paramètres de qualité pour être consommable, devait à Iquitos n'en détenir à vue de nez qu'une toute petite dizaine à tout casser. Max rappela donc la réception pour demander qu'on lui monte une agua mineral. Et puis tant qu'à faire et tant qu'on y était, considérant que ce n'est pas tous les jours qu'il vous arrive un truc pareil, jugeant d'ailleurs qu'après sa semaine de relative abstinence d'alcool au Centre il méritait bien ça, il suggéra qu'on lui apporte également une bouteille de pisco, avec de la glace et des citrons. Si señor. En attendant que ça vienne, il retourna se regarder un moment dans le miroir. Il s'y ferait. Il s'étonna de prévoir aussi vite qu'il s'y ferait. Certes il n'avait pas le choix mais bon, il s'y ferait même peut-être plus vite qu'il le pensait. Il éteignit le néon, sortit du cabinet de toilette et, comme il remontait le son du téléviseur, on frappa à la porte de sa chambre.

C'était le gérant et son plateau, avec tout ce que Max avait demandé sur le plateau. Une fois le gérant parti, Max ouvrit la bouteille de pisco, se versa un verre avec plaisir, mais voici que le goût de l'alcool était immonde, infâme, insupportablement émétique et Max dut courir le cracher dans le lavabo. Qu'est-ce que c'est que cette histoire. Comme c'est curieux. Pourtant c'est vraiment très très bon, le pisco. Quoi qu'il en fût, après avoir lavé puis soigneusement essuyé son verre, Max se rinça la bouche à l'agua mineral, ouvrit son sac, retira l'enveloppe qui s'y trouvait, ouvrit l'enveloppe, en retira le bout de papier sur lequel était porté le numéro de téléphone, s'assit sur son lit, attira le téléphone à lui et composa ce numéro.

21

Une fois le téléphone raccroché, Max quitta
l'hôtel avec son petit sac vide qu'il passa l'après-
midi à remplir en faisant quelques courses dans
les rues d'Iquitos : vêtements appropriés au climat – veste et chemises légères, pantalons de
coton, lot de caleçons –, objets de première
nécessité – ceinture, lames de rasoir, savonnette
et shampooing – ainsi qu'un sac plus grand pour
contenir tout cela en plus du petit sac plié. De
retour à l'hôtel, il y dîna solitairement, ses couverts qui s'entrechoquaient produisirent des
échos sinistres dans la salle de restaurant déserte, puis il monta se coucher très vite, dormit
très mal et, une fois très tôt levé, décida de quitter au plus vite cet établissement.

Dans la matinée, Max trouva sans trop de mal
deux pièces à louer dans un palais ruiné d'ancien nabab du caoutchouc. La façade de cette
résidence était couverte de carreaux de faïence

émaillée, ornementés quoique maintenant dé-
lités, azulejos que, du temps de sa splendeur et
de la prospérité d'Iquitos, le nabab avait fait
venir du Portugal par voie fluviale et maritime,
sur les mêmes bâtiments qui acheminaient chaque semaine son linge sale vers les blanchisse-
ries lisboètes. Les fenêtres grillées donnaient
directement sur l'Amazone au-delà de l'avenue
Coronel Portillo et, depuis sa chambre, Max
pouvait ainsi jouir d'une vue sur les maisons de
bois construites à même le fleuve, certaines
étant flottantes, d'autres sur pilotis. De gros
bateaux passaient au loin, des motocars pétara-
daient sur le goudron de l'avenue, des oiseaux
tournaient au-dessus du trafic des pirogues et
de petits enfants jouaient dans les détritus. Max
surveillait distraitement ce spectacle en rêvas-
sant, développant ses pensées dans une double
perspective. D'abord il faudrait s'habituer à
vivre avec lui-même, dans son nouvel aspect, en
attendant les documents de sa nouvelle identité
qu'on lui remettrait dans quelques jours à la
cafétéria de l'aéroport, comme il avait été
convenu la veille au téléphone. Ensuite, si le
montant de la location des deux pièces n'était
pas exorbitant, Max avait quand même ressenti
un début d'inquiétude en estimant la fraction
prélevée par ce loyer sur son pécule. Les four-
nisseurs d'identité ne seraient certainement pas
des bénévoles et, avec ce qui allait lui rester, il
n'allait pas pouvoir aller très loin. On verrait.

Quitte à dépenser son argent, il découvrit très
vite l'endroit où il pourrait prendre ses repas :

le restaurant Regal, aménagé sur la place d'Armes au-dessus du consulat de Grande-Bretagne, dans un immeuble en fer. Le fer avait l'inconvénient de potentialiser la chaleur comme une cymbale, mais on pouvait y manger les poissons du fleuve en regardant les filles qui se promenaient sur la place par petits groupes inaccessibles et les hommes qui, rassemblés près des bouches d'égout, s'amusaient à y pêcher le rat avec une petite canne et un fil au bout duquel était fixé un bout d'omelette. Et ici comme ailleurs, comme dans tous les restaurants tropicaux du monde, on voyait se refléter les gros ventilateurs dans les concavités des saucières, des cuillers et des louches, pareils à de gros insectes ou de petits hélicoptères. Max considérait tout cela d'un œil intéressé mais détaché, œil de ressuscité revenu au monde et regardant ce monde comme à travers une vitre.

Comme il ne parlait à personne et comme personne ne lui parlait, sa principale activité consistait à lire systématiquement et soigneusement la presse locale et nationale, ce qui lui fit posséder assez vite des bases élémentaires d'espagnol. À la suite d'une consultation visiblement truquée, la controverse issue des résultats électoraux occupait toujours les unes en gros caractères, mais Max s'intéressait plutôt aux dernières pages. Entièrement photographiques, celles-ci relataient par le détail la vie mondaine des classes dirigeantes du pays, voire des pays limitrophes. On y voyait ainsi, dans le cadre d'inaugurations, réceptions, premières, maria-

ges et cocktails divers, des groupes de personnalités lancer de larges sourires aux photographes en brandissant des verres. Robes de
soirée, smokings, champagne et pisco *sour*,
allégresse générale, vertigineuse multiplicité des
visages dont aucun n'était évidemment connu
de Max. Celui-ci, auquel le passage par le Centre n'avait pas fait oublier ses soucis ni perdre
ses habitudes, continuait cependant de vérifier
machinalement si Rose, par hasard, n'apparaîtrait pas sur l'une de ces photos. Certes une telle
hypothèse était hautement improbable mais au
fond, disparue pour disparue, rien n'aurait empêché Rose d'avoir épousé un banquier argentin, un chevalier d'industrie guatémaltèque
à défaut d'un sénateur paraguayen.

On s'habitue très vite à Iquitos – mieux qu'à
ces chaussures jaunes auxquelles Max n'avait
pas encore trouvé de remplaçantes –, on s'y
repère aisément, on ne s'y trouve pas si mal.
N'était le souci de l'argent, dont il repoussait
toujours le moment d'y penser sérieusement,
Max se sentit en vacances au bout du troisième
jour. Mais ce fut ce jour-là qu'était fixé le rendez-vous avec le fournisseur d'identité, à l'aéroport Francisco Secada Vigneta, situé à quatre
kilomètres du centre-ville. Pour s'y rendre, Max
dut emprunter un de ces motocars dont les
conducteurs lui faisaient en permanence des
offres de service. Le motocar, scooter bâché
comportant une banquette à l'arrière, est l'équivalent amazonien du rickshaw, quoique démuni
de protections latérales et carrossé un peu dif-

féremment de son homologue indien. Contrairement à celui-ci, il n'est pas constellé de décalcomanies politiques ou pieuses – à peine un tigre ou deux, parfois, sont peints sur la banquette – et n'est pas équipé d'un compteur. Mais on sait ce que ça vaut, un compteur de rickshaw, on sait à quel point c'est peu fiable, de sorte qu'on ne discute pas moins âprement ni préalablement le prix de la course avec un motocarrista qu'avec un rickshaw-wallah tamoul, un zemidjan béninois ou un pilote de túk-túk laotien. Quant au confort qu'assurent l'un ou l'autre de ces véhicules, il est à peu près comparable à tous égards.

Arrivé à l'aéroport, Max n'eut pas de mal à trouver la cafétéria ni, pratiquement seul au milieu de celle-ci, le dénommé Jaime qu'il avait eu trois jours plus tôt au téléphone, assis devant un double express fumant. Jaime devait avoir à peu près l'âge de Max, de petites lunettes ironiques de presbyte filtraient son regard entendu. Bras gauche dans le plâtre dissimulé sous un tricot dissimulé sous une veste dissimulée sous un manteau dissimulé sous une écharpe dissimulée sous un chapeau – mais, nonobstant l'ambiance d'étuve, ces superpositions ne semblaient pas l'affecter spécialement. À peine avaient-ils commencé de s'entretenir qu'un cireur dépenaillé, hagard et vêtu de loques, vint s'accroupir aux pieds de Max sans demander son avis et se mit à fourbir aussitôt ses chaussures, ce que Max laissa faire sans surveiller l'opération. Bon, dit Jaime, tout est à peu près

142

au point, il ne manque plus qu'une photo d'identité. Si nous pouvions l'avoir après-demain, les papiers seraient disponibles d'ici à la fin de la semaine. Bien, et dites-moi, s'inquiéta Max, vous pouvez me préciser combien ça va me coûter ? Je ne peux pas vous dire ça tout de suite, éluda Jaime, nous n'avons pas encore établi de facture détaillée.

Puis, à propos du cireur qui avait achevé sa tâche et se tenait maintenant debout, tremblant légèrement en silence et fixant un intense regard sur Max, celui-ci posa la même question qu'à propos de son identité. Et lui, je lui donne combien ? Une pièce d'un sol suffira, estima Jaime. Max paya le cireur sans le regarder, convenant d'un prochain rendez-vous avec le faussaire qui s'éloigna. Resté seul, il jeta un œil sur ses chaussures. Faute de cirage de couleur jaune, sans doute, les chaussures de Max étaient devenues violettes, d'un beau violet bien éclatant. Peut-être n'étaient-elles pas plus mal comme ça, d'ailleurs, mais enfin. Max se leva, sortit de l'aéroport en regardant la nouvelle couleur de ses pieds. Ma foi, s'il était nécessaire de changer totalement d'identité, il fallait bien un commencement à tout.

22

Les journées qui suivirent, c'était beaucoup moins bien. Les heures devenaient de plus en plus longues et Max de plus en plus inquiet sur la question de l'argent. Car, quoi qu'on puisse penser, malgré son séjour au Centre et l'événement tragique qui l'avait précédé, sa situation particulière, nullement désincarnée, ne l'empêchait pas d'éprouver les sensations et les besoins classiques de l'organisme. La faim, la chaleur, la soif même sans pisco, le désir d'un confort élémentaire, tout cela pose des problèmes que l'argent seul résout, le plus humble train de vie nécessite un budget. Or Max voyait bien fondre à l'œil nu ses ressources, inexorablement.

À cela vint s'adjoindre une impression d'isolement croissant. Si, pendant les premiers jours, la découverte d'Iquitos avait suffi à l'occuper sans qu'il eût besoin de parler à personne, Max en avait un peu marre à présent du tourisme, maintenant il n'en pouvait plus de solitude dans ce bled. Pas moyen de prendre langue avec personne sur la place d'Armes, pas plus avec les jolies filles qu'avec les pêcheurs de rats. Et s'il parvint quelquefois, dans son petit espagnol naissant, à discuter un peu avec des autochtones qui étaient principalement les serveurs vieillissants du restaurant Regal, ce ne fut jamais que pour recueillir des informations pessimistes et résignées sur cette ville : taux de suicides explosif, omniprésence des sectes, circulation massive de drogues, pratiques de magie noire et j'en passe. Tout cela, qui était assez décourageant, ne donnait pas très envie d'essayer de s'intégrer. Il eut des coups de cafard, il eut des jours d'ennui, de cet ennui trop lourd qu'engendre le mariage de la solitude avec les petits moyens. Il lui arriva de ne plus avoir envie d'aller marcher dans Iquitos, à quoi bon, il resta même une fois toute la journée sans sortir de chez lui, passant incessamment de l'une à l'autre de ses deux pièces, fauve en cage qui ne s'arrêtait parfois que pour contempler, à travers les grilles, le fleuve aux couleurs inchangées.

Ce jour-là, pour s'occuper un peu, l'idée vint à Max d'écrire à sa sœur, enfreignant en cela les consignes strictes que lui avait signifiées Béliard. Il passa une bonne heure à rédiger sa lettre dans laquelle il expliquait tout, racontait tout, se plaignait de tout, n'hésitant même pas pour conclure à demander à Alice de lui envoyer un peu d'argent. Mais une fois qu'il eut signé, relu, plié puis glissé la lettre dans une enveloppe dont il lécha la bande gommée, il ne se produisit que des désagréments. Premièrement Max se coupa la lèvre supérieure avec le rabat de l'enveloppe – blessure qui, bien que très fine et bénigne, se révéla disproportionnellement douloureuse –, deuxièmement le goût de colle de poisson rance qui se répandit dans sa bouche était abominable, troisièmement Max prit conscience des ennuis qu'il risquait auprès de Béliard, si celui-ci diligentait une enquête, en laissant ainsi sur sa lettre un peu de salive compromettante – les scientifiques du Centre n'étant quand même sans doute pas allés jusqu'à modifier son code génétique. Et puis au bout du compte, réfléchissant au trouble extrême que pourrait quatrièmement éprouver Alice en la recevant, Max finit par rouvrir l'enveloppe et relire une dernière fois sa lettre avant de la déchirer puis de la brûler.

Au Tropical Paradise Lodge du boulevard Putumayo, où il était passé rafler des prospectus qui lui feraient un peu de lecture, on lui proposerait bien pour le distraire d'aller faire un tour en pirogue sur le fleuve. Ce serait bien sûr une nouvelle dépense mais, foutu pour foutu, la demi-journée était encore dans ses moyens. Sous quelques angles, les blocs sombres de la forêt amazonienne évoquaient parfois certains coins du parc visité en compagnie de Béliard. Infestés de moustiques, les chemins d'eau étaient bordés d'arbres qui se développaient selon une logique bizarre, comme s'ils étaient l'objet d'un dérangement héréditaire, ce qui ne contribuait pas peu à créer un malaise. On croisait d'autres pirogues à rames occupées par des locaux silencieux qui transportaient des boîtes, des sacs ou des bidons, des poulets encagés. On aperçut des chiens, une fois un gros iguane, ou plus précisément une grosse femelle iguane enceinte avachie sur une branche émergente et que le piroguier tenta de capturer pour lui voler son œuf – rien de meilleur, assurait cet homme, que l'œuf d'iguane mollet gras cuit.

Le jour fixé, Max prit un nouveau motocar pour se rendre à l'aéroport. Jaime était toujours là, toujours bien couvert sous la canicule, assis cette fois devant un chocolat chaud. Il remit à Max une petite pochette en coton brodé – artisanat local fait main, précisa-t-il, cadeau – contenant une parfaite copie de passeport français au nom de Salvador Paul, André, Marie, nationalité française, né le même jour que Max avec la photo de Max en dessous, accompagné de néant enfants page 4 et d'authentiques timbres fiscaux français page 5. Page 7, au premier emplacement vierge réservé aux visas, figurait même un tampon d'arrivée dans la capitale du pays, quelques semaines plus tôt, à l'aéroport international Jorge Chávez. Tout cela paraissait impeccable.

Pendant que Max feuilletait cet objet, Jaime tira de sa poche puis lui tendit un papier plié sur lequel un long chiffre était inscrit. Ce chiffre était une somme, montant de la facture du passeport qui correspondait précisément, au centavo de sol près, à ce que Max possédait à l'instant même au fond des poches de son pantalon neuf : à l'évidence on l'avait surveillé de près, on avait tenu ses moindres dépenses à l'œil, soigneusement calculé ce qui lui restait, et voici maintenant Max parfaitement ratissé. Comme cela devait se lire un peu sur son visage : Qu'est-ce qu'il y a, lui dit Jaime, quelque chose qui ne va pas ? Max n'eut pas le temps de répondre que déjà l'autre, souriant comme s'il n'attendait que ça, lui faisait une proposition si classique et si dénuée d'imagination qu'on est gêné de la rapporter. Il s'agirait, comme il n'est que trop usuel dans ce genre d'embrouille, de transporter une certaine chose à l'étranger – la France en l'occurrence – contre une certaine rémunération. Situation si convenue qu'il ne serait même pas besoin de préciser la nature de cette chose, enfermée dans une mallette en lézard à fermoir en métal doré verrouillé que Jaime, s'étant penché, retira de sous la table pour la poser dessus.

Voilà, c'est juste ça qu'il faudrait transporter, désigna-t-il, ce n'est rien. Travail discret, facile, payé. Pas en monnaie locale, je vous rassure tout de suite, vous aurez du dollar tout ce qu'il y a de plus frais. Certes, dit Max, je veux bien mais ça me ferait partir quand ? Tout de suite, répondit Jaime, l'avion décolle dans quarante-cinq minutes. Et mes affaires ? s'inquiéta Max. Pas de problème, dit Jaime en se penchant à nouveau, les voilà, on est passé les prendre chez vous après votre départ. Il les lui tendit, soigneusement pliées dans leur sac, et voici vos billets d'avion et voici votre argent. Max mit peu de temps à compter cet argent : du dollar en effet mais bien peu, à peine de quoi tenir deux ou trois jours à Iquitos, c'est-à-dire deux ou trois heures en France mais, à présent, comment faire autrement ? Bon, dit Max, d'accord.

23

Max, sa mallette et son sac n'eurent pas trop longtemps à attendre : embarquement immédiat. Dans le hall de l'aéroport d'Iquitos, des locaux en partance pour Lima croisaient des grappes de vacanciers venus arpenter les limbes de la forêt amazonienne, examiner ses indigènes, consulter leurs shamans et se faire exploser le champ de conscience par ingestion d'ayahuascua. Les bagages des uns et des autres étaient soigneusement et suspicieusement reniflés par deux chiens tenus en laisse et muselés, dont l'absence de réaction au passage de la mallette en lézard permettait d'espérer qu'au moins elle ne contenait pas de stupéfiants. Puis, quand Max se fut installé dans le petit avion, celui-ci se mit en mouvement à toute allure, gagnant en un clin d'œil son altitude et sa vitesse de croisière, témoignant du professionnalisme des pilotes. Dans ce pays se maintient en effet une longue tradition d'aviateurs virtuoses, décollant à l'heure dite et se posant à l'heure pile sans s'embarrasser d'égards ni de nuances – n'hésitant pas à descendre en piqué vers leur but, presque à la verticale et sans ménager le moindre palier de décompression, au mépris des tympans des passagers qui tous en chœur, alors, pressent leurs mains sur leurs oreilles en hurlant de douleur.

Max attendrait en revanche plus longuement à Lima où il tua le temps en parcourant la presse, heureux de ses progrès fulgurants en espagnol mais inquiet de ce qui l'attendrait à Paris. Puis, une fois embarqué, il se dispensa de suivre le mimodrame des consignes de sécurité interprété par les hôtesses qui distribuèrent ensuite aux passagers des jus d'orange et des bonbons, des couvertures ainsi que des écouteurs diffusant divers programmes musicaux. Une molette incrustée dans les accoudoirs des fauteuils permettait de choisir parmi ces programmes : sélections de variétés, de jazz et de musique ethnique ou classique. Comme l'avion se mettait en mouvement, Max se coiffa des écouteurs pour s'occuper un peu, s'arrêtant machinalement à la sélection classique pour identifier aussitôt un Impromptu de Schubert en cours d'exécution, l'allegro en mi bémol majeur de l'op. 90. Mais à peine eut-il reconnu l'œuvre qu'il en reconnut aussi sa propre interprétation, enregistrée cinq ans plus tôt chez Cerumen. Il préféra faire comme s'il ne s'en était pas aperçu, comme on feint de ne pas

151

reconnaître un importun croisé dans la rue, sauf que cette fois c'était de lui qu'il s'agissait. Il changea aussitôt de programme puis finit par laisser tomber, de toute façon les écouteurs lui faisaient mal aux oreilles comme des prothèses mal ajustées. Max aimait mieux écouter le bruit des moteurs de Boeing qui est profond et pénétrant, fondamental comme un souffle sans fin, pas comme ces petits moteurs d'Airbus qui émettent un son de vieux motoculteur, puis il finit par s'endormir.

Il pleuvait fort sur Paris quand l'avion se posa sur une piste de Roissy-Charles-de-Gaulle, de cette même pluie très lourde qui paraît tomber de très haut et que Max avait aperçue, quelques jours plus tôt, depuis une des fenêtres du Centre. Après les formalités douanières où, rien à déclarer, nul ne se donna la peine d'inspecter le contenu de son sac et de sa mallette, il franchit sans problème le portail accédant au hall. Là, face au flux des arrivants, quelques personnes semblaient attendre, deux épouses équipées d'enfants prêts à sauter au premier cou venu, trois anonymes qui brandissaient des noms sur des cartons. Max ne réagit pas tout de suite en déchiffrant, sur l'un de ceux-ci, sa nouvelle identité tracée en majuscules, puis, se la rappelant, il marcha droit vers elle.

L'anonyme qui la brandissait portait ridiculement une barbe, un chapeau, des lunettes sombres et un imperméable boutonné jusqu'à la glotte. Continuant de brandir l'identité de Max en le voyant approcher, il laissait pendre au bout de son autre bras une valise de taille moyenne qu'il tendit aussitôt à Max sans, faute d'organe préhensile disponible, lui serrer la main. Je suis Schmidt, lui dit-il, et voici vos affaires personnelles. Je suppose que vous avez la mallette. La voici, dit Max en la présentant. Bien, dit Schmidt en s'en saisissant, nous allons prendre un taxi.

File d'attente assez brève à l'arrêt des taxis, après quoi le soi-disant Schmidt indiqua au chauffeur une adresse, un numéro impair du boulevard Magenta. Max examina discrètement cet improbable Schmidt dont le surplus d'attributs d'anonymat était exagéré – quoiqu'il ne fût pas non plus certain qu'il s'agît de réels artifices, tout cela pouvait être aussi 100 % naturel. Puis, aimant mieux s'abstraire de sa contemplation – Schmidt ne devait pas tellement aimer qu'on le regardât –, Max se tourna dans l'autre sens pour considérer le paysage. Il lui semblait revenir après une très longue absence alors qu'entre ses deux séjours au Centre puis à Iquitos, quinze jours s'étaient peut-être à peine écoulés mais, dans sa situation, pouvait-il raisonner de la sorte. À travers la vitre du taxi, il aperçut les longues barres et les hautes tours de la banlieue est qu'on voit du côté de Bagnolet, quand on revient de l'aéroport par l'autoroute A3. Max avait toujours eu du mal à croire que ces constructions contenaient de vrais appartements qu'occupaient de vrais gens, dans de vraies cuisines et de vraies salles de bains, de vraies chambres où l'on s'accouplait authentiquement, où l'on se reproduisait réellement, c'était à peine imaginable.

Or le logement prévu pour lui par les services du Centre ne serait, on va le voir, guère plus enviable. Schmidt, resté muet sur l'autoroute, précisa l'itinéraire à suivre à partir du boulevard périphérique et, boulevard Magenta, à mi-chemin de la République et de la gare de l'Est, le taxi s'arrêta devant un hôtel. Sans être luxueux, cet établissement nommé Montmorency n'était pas non plus minable. Il possédait un hall, deux salles de réunion et un bar. On n'emprunta pas l'ascenseur : sans s'arrêter à l'accueil, où stagnait une réceptionniste informe, Schmidt fit d'emblée signe à Max de le suivre dans un escalier raide qui ne semblait pas avoir été construit pour la clientèle. Au tout dernier étage de l'hôtel, une série de portes brunes face à face et très rapprochées se suivaient dans un couloir jaune foncé. Schmidt ayant extrait une clef de sa poche, la quatrième à droite s'ouvrit sur une chambre étroite au papier peint à fleurs fanées, garnie de meubles maigres à l'exception d'un lit trop vaste, et pour tout sanitaire pourvue d'un lavabo. Voilà, dit Schmidt, c'est chez vous. Vous avez la douche collective et les toilettes sur le palier. Max s'avança jusqu'à la fenêtre, écarta les rideaux dont les anneaux de métal grincèrent sur la tringle de métal et l'ouvrit sur le tumulte du boulevard qui rugit aussitôt, bondissant brièvement dans l'espace étriqué. Un problème, rappela Max en la fermant aussitôt, c'est que je n'ai pratiquement pas d'argent. Le premier mois de loyer est pris en charge, indiqua Schmidt, ensuite ce sera à vous de voir avec votre salaire. Salaire, répéta Max incompréhensivement. Bien sûr que salaire, confirma l'autre, vous êtes affecté au bar, je vais vous montrer.

On descendit donc au sous-sol de l'établissement. Le bar étant vide à cette heure de la matinée, Schmidt lui présenta son futur poste de travail, la collection polychrome de bouteilles et les verres de toutes tailles avec les ustensiles, raviers, shakers, passoires, presse-agrumes et porte-épices. Dans un placard sur un cintre pendait une veste rouge vif usagée, au revers de quoi était d'ores et déjà épinglé un rectangle en métal doré avec Paul S. gravé dessus. Voilà, dit Schmidt, votre tenue de travail. Les horaires sont 18 h 30-1 h 30 sauf le dimanche. Vous avez deux jours libres pour vous remettre du décalage horaire et puis ensuite vous commencez lundi. La direction est au courant, pour tout problème vous voyez avec eux. Nous n'aurons sûrement pas d'occasion de nous revoir, bonne chance.

Remonté dans sa chambre, Max retira d'abord de son sac les affaires qu'il avait achetées à Iquitos : tenues trop exotiques et légères pour le climat d'ici, encore chargées de parfums tropicaux qu'il respira nostalgiquement avant de les ranger dans la penderie étroite en mélaminé blanc. Puis il ouvrit la valise que Schmidt lui avait remise. Elle contenait un costume gris foncé, un pantalon noir et deux chemises blanches, une cravate noire et trois slips kangourou

ainsi qu'une paire de chaussures noires emball-
lées dans un quotidien de la veille. Tous ces
vêtements en étoffe synthétique, taille approxi-
mative et qualité médiocre, semblaient avoir été
déjà portés par d'autres avant de passer au net-
toyage industriel. Bienvenue en section urbaine.

24

Les deux jours libres qui lui étaient accordés, Max les consacra à marcher dans Paris. D'abord il s'en fut procéder à quelques expériences dans son quartier de Château-Rouge, histoire de vérifier l'effet produit par le travail des chirurgiens. Il alla voir incognito les commerçants chez lesquels il avait eu ses habitudes, qu'il appelait alors par leur nom et qui avaient fini eux aussi, malgré son caractère peu liant, par le compter nominalement parmi leur clientèle. Il observait leur réaction quand il entrait dans leurs boutiques, procédant à de menus achats – un paquet de Kleenex par-ci, un quotidien du soir par-là –, les scrutant de plus en plus précisément dans les yeux, mais sans que jamais les autres manifestassent le moindre signe de reconnaissance.

Il lui arriva même dès le premier jour, comme il sortait de son ancienne pharmacie, de tomber pile sur la femme au chien, flanquée de ce dernier à gauche et de son mari à droite. C'était la première fois que Max les voyait tous trois réunis, l'air plutôt contents d'être ensemble mais ne réagissant nullement lorsqu'ils tombèrent sur lui : ils croisèrent même quelques secondes son regard mais s'éloignèrent comme s'il n'existait pas. Seul le chien, après un bref temps de latence, se retourna vers Max avec un regard perplexe, freinant un instant son allure en fronçant les sourcils – cette odeur me dit quelque chose, bon sang, j'ai déjà flairé ça quelque part mais où ? Pour se donner le temps d'approfondir cette question, l'animal s'arrêta même pour pisser très longuement contre la roue arrière droite d'une Fiat Panda en examinant Max qui, de son côté, souhaitant vérifier une fois de plus la transformation de son apparence, se penchait discrètement et symétriquement vers le rétroviseur extérieur gauche du véhicule. Puis, vivement tiré par sa laisse, le chien parut laisser tomber le problème, laissant dériver son attention vers une bande de pigeons trempés, hirsutes et froissés qui – preuve qu'ils sont conscients d'être sales – venaient de prendre un bain lustral dans un caniveau d'eau courante avant de s'envoler pesamment.

Tant qu'il était dans le quartier, Max brava plus encore l'interdiction en essayant de revoir sa sœur. Il ne s'agirait que de l'apercevoir sans essayer de prendre contact, juste pour s'assurer que tout allait bien. Il procéderait très prudemment, sans s'exposer aux yeux d'Alice car, malgré le savoir-faire des spécialistes du Centre et vu ce qui venait de se passer avec le chien, il n'était pas exclu que sa propre sœur – la voix du sang et toutes ces choses – le reconnût elle-même vraiment. Aussi préféra-t-il se poster non loin de l'entrée de son immeuble, niaisement dissimulé derrière un journal, et en effet, au bout d'une ou deux heures d'attente, il vit sortir Alice qui s'arrêta d'abord devant le porche en consultant sa montre. Et puis, tiens, quelle surprise, voici que Parisy sortait à son tour de l'immeuble pour la rejoindre et la prendre par le bras. La tenue de Parisy, un petit laisser-aller dans son costume avec quelque chose d'allégé, de familier dans son comportement laissaient supposer que l'impresario avait fini par circonvenir la sœur de Max, qu'il vivait peut-être à présent avec elle et peut-être même, surprenante perspective, s'était-il installé dans le studio de Max. Il parut cependant à celui-ci, de loin, qu'Alice parlait un peu sèchement à Parisy qui répondait en agitant son autre bras, bref il semblait qu'ils s'engueulassent déjà. Max les regarda s'éloigner sans les suivre avant de se remettre en marche. Il continuait de regarder tous les gens qu'il croisait dans les rues, s'interrogeant sur le statut de chacun : peut-être y en avait-il qui, comme lui, étaient passés par le Centre avant de revenir ici, peut-être même étaient-ils nombreux, peut-être bien même au fond qu'ils étaient majoritaires.

Une fois passées les deux journées de récupération, Max commença comme prévu son travail vespéral de barman. Il apparaîtrait que le bar n'était pas seulement vide le matin, il le serait presque tout le temps. Pas assez cependant pour que Max pût prendre son service à la légère : il se trouvait toujours, à telle heure avancée de la soirée, tel client parfois solitaire mais beaucoup plus souvent accompagné d'une femme. Et Max, observant bientôt que c'était souvent la même femme mais pas le même client et que leurs brefs passages au bar – conciliabules à voix basse où figuraient des chiffres – se concluaient la plupart du temps par la commande de deux verres ou même d'une bouteille à monter dans une chambre, comprit mieux de quoi il retournait. Il n'y avait donc pas grand monde pour le distraire, ce qui n'empêchait pas qu'on lui demandât aussi, parfois, des cocktails atypiques qui étaient toute une affaire à préparer. L'alcool lui-même n'était plus là pour le distraire non plus : il semblait que sur ce point, depuis sa tentative de pisco à Iquitos, l'appétence éthylique de Max se fût curieusement évaporée.

Et chaque soir, vers une heure et demie, il regagnait sa chambre après avoir fait sa caisse et nettoyé son bar. Il ôtait sa veste rouge et le reste puis se couchait aussitôt, révisant ses recettes de cocktails dans un ouvrage spécialisé et s'efforçant de les mémoriser. Il s'endormait ensuite avec difficulté dans son grand lit car les grands lits, ne l'oublions pas, sont quand même faits pour se retrouver à deux sous leurs draps, ceux-ci étant eux-mêmes conçus pour être pliés à deux. Voyez comme un homme qui plie seul son grand drap se retrouve en situation malcommode, encombré par lui-même autant que par le drap, voyez comme ses bras courts peinent à réaliser le grand écart requis. Alors qu'à deux, lorsqu'on plie le drap ensemble en parlant d'autre chose, tout devient beaucoup plus simple – avec cet intérêt supplémentaire, même, cette intime stratégie qui consiste pour chacun, de loin, des deux côtés du drap qui vous sépare, à prévoir par avance dans quel sens l'autre va le tourner après l'avoir plié pour s'accorder à son mouvement.

Mais voyez aussi comme les choses se font. Après quelques pénibles semaines de solitude au fond de sa veste rouge, Max finit par tomber sur quelqu'un. Comme souvent dans la vie, ce serait sur son lieu de travail qu'il ferait cette rencontre, à l'hôtel même. La réceptionniste. Pas du tout informe comme il lui avait semblé de prime abord. Elle était au contraire une grande blonde un peu rousse, pas formidablement terrible mais pas si mal, toujours habillée plutôt sexe avec des talons hauts comme ça. Il aurait pu la remarquer plus tôt mais il est vrai que, les premiers jours à l'hôtel Montmorency, Max n'avait rien remarqué du tout, pas même qu'il pleuvait tout le temps.

Or un jour que le ciel voulut bien se dégager, Max croisa la réceptionniste non loin de l'hôtel, en pleine rue, au milieu d'une tache de soleil doux. Elle était accompagnée d'un petit garçon, dans les quatre ou cinq ans, qui ne cessait de se plaindre d'une voix inquiète de ce qu'il y avait

tout le temps quelque chose de noir qui le sui-
vait, qui était là, qui ne voulait pas s'en aller.
Mais c'est ton ombre, mon chéri, lui avait
répondu la jeune femme, ce n'est rien. Enfin ce
n'est pas que ce n'est rien mais c'est ton ombre.
Cette phrase décida Max, qui se sentait assez
ombre lui-même, à s'intéresser à cette jeune
femme. Il agirait progressivement. Il avait le
temps.

Il avait le temps mais c'était quand même allé
plus vite que prévu. Max lui proposerait-il un
mercredi de prendre un café – d'accord. Lui
offrirait-il des fleurs – tout à fait d'accord. L'in-
viterait-il ensuite à dîner, le dimanche suivant
où il ne serait pas de service au bar – d'autant
plus d'accord que, ce soir-là, le fils de la réceptionniste dormirait chez sa grand-mère. Se ris-
querait-il à la complimenter de façon mani-
feste – absolument d'accord et Max, à vrai dire,
ne se contiendrait ni ne se reconnaîtrait plus :
vous êtes si féminine, lui dirait-il ainsi tout en
traçant des gestes ronds dans l'air, vous êtes la
féminité même. Elle aurait alors un très joli rire.
Elle serait mère célibataire et s'appellerait Félicienne. Mais aussi quel joli prénom, s'enthou-
siasmerait Max. Et comme il vous va bien. Tant
et si bien que leur soirée s'achèverait dans un
hôtel, pas très loin ni très différent du Montmorency.

25

Puis, le lendemain soir après son service, Max rejoignit Félicienne chez elle et, les nuits qui suivirent, il ne dormirait plus tellement dans sa chambre à l'hôtel. La réceptionniste occupait un trois-pièces à peine plus grand que l'appartement de Bernie rue Murillo, un séjour et deux chambres, la plus grande étant occupée par le petit dont on n'avait pas encore jaugé le quotient intellectuel et qui répondait ou pas, selon son humeur, au prénom de William mais qu'on appellerait en général le petit.

Les premiers temps, Max ne fit que passer les nuits chez Félicienne, la retrouvant après avoir fait sa caisse au bar et changé de veste, mais s'échappant de chez elle dès qu'il était levé. Après un café dans une brasserie proche, il passait prendre une douche à l'hôtel puis repartait marcher à travers Paris, s'arrêtant parfois dans un cinéma – mieux valait voir des films que regarder le temps passer au plafond de sa chambre inhospitalière, allongé sur son lit comme mort. Mais Félicienne sut progressivement le convaincre de prendre son petit déjeuner avec elle, lui succéder dans le cabinet de toilette, l'accompagner chez la gardienne où l'on déposerait le petit, puis l'escorter jusqu'au Montmorency – pas précisément jusqu'à l'entrée de l'hôtel, quand même, inutile que tout le personnel soit au courant : on se séparait une rue avant.

Cela dans une première période, car il arrive que tout aille vite, très puis trop vite : Max se vit bientôt remettre un double des clefs, attribuer dans le mouvement un rayon du placard pour son rechange, qui atterrirait rapidement dans la corbeille de linge sale attenante au lave-linge avant que Max, puisque après tout selon Félicienne il n'avait rien à faire de ses journées, se vît confier le fer à repasser. La responsabilité de ce fer fut très bientôt suivie de l'octroi de listes de courses parmi lesquelles nombre de produits d'entretien sur l'étiquette desquels, après lui avoir présenté le placard à balais et wassingues, Félicienne lui apprit à étudier le mode d'emploi avant de les appliquer, ce qui l'occuperait en attendant d'aller chercher le petit chez la gardienne. Max, dès lors, fréquenta moins souvent les cinémas, passant maintenant le temps libre laissé par les courses et le ménage devant le magnétoscope de Félicienne et profitant de son abonnement à un vidéo-club.

Cette évolution n'est certes pas enviable mais au fond, comme sexuellement cela ne marchait pas si mal avec Félicienne, cette vie commune au bout du compte en valait bien une autre. Faute d'alternative, c'était toujours ça. Le temps passait ainsi. En revenant de son service Max retrouvait Félicienne qui dormait, qui lui accordait à son réveil un peu d'amour avant de partir à l'hôtel réceptionner la pratique et répondre au téléphone en laissant Max, pardon, en laissant Paul s'occuper du ménage et rentrant juste avant qu'il s'en fût à son tour à l'hôtel se rhabiller en rouge pour préparer des spritz, des bronx, des manhattan et autres flips à l'intention d'une clientèle qui, soit dit en passant, tendait à se dégrader. En termes clairs, aux vagues hommes d'affaires provinciaux profitant de leur passage à Paris pour se payer une fille se substituait une population croissante de locaux amateurs de ce genre de filles, et qui souvent n'étaient même pas clients de l'hôtel, en bref il y avait là de plus en plus de putes, souvent les mêmes et souvent sympathiques. Max ne se formalisait pas, bien au contraire, de ce changement de population, moins regardante sur le dosage et la qualité des cocktails qu'il aurait toujours un peu de mal à préparer comme il convient.

Vu leurs conditions de travail, Félicienne et Max ne se voyaient finalement qu'à peine, sauf les dimanches pour aller promener le petit – lequel petit, d'abord farouche avec Max, finit par se laisser apprivoiser au point de devenir très familier, de plus en plus familier, bientôt beaucoup trop familier au goût de Max. On

165

allait au Champ-de-Mars le dimanche, on allait aux Halles, dans les parcs, on allait faire un tour sur les Champs-Élysées. Cela faisait toujours quelque chose à Max quand Félicienne proposait le parc Monceau. Il ne redoutait plus la statue de Gounod à côté de la buvette, ni même celle de Chopin près du coin réservé aux enfants, où le petit trépignait sans cesse pour obtenir un tour supplémentaire de n'importe quoi.

Cependant, Max commença de se lasser. Bizarrement, s'il s'était assez vite habitué à son nouvel aspect physique, il avait en revanche beaucoup plus de mal à ce qu'on l'appelât Paul, mais peut-être finirait-il par s'y faire aussi. Le temps passait ainsi dans une ambiance de salle d'attente, à feuilleter des revues aussi périmées, radoteuses et froissées que Félicienne elle-même. Que savait-il d'ailleurs au fond de Félicienne sinon qu'elle se perdait en ressassements insanes, assurant amèrement avoir eu dans sa jeunesse des mensurations de rêve, le don des langues et l'oreille absolue. Mais, issue d'un milieu modeste, elle avait dû entrer tôt dans la vie active, sacrifiant ainsi une multiple carrière de top-model mondial, d'interprète internationale et de concertiste universelle en abandonnant le piano. Tout en découpant le gigot du dimanche, Max cachait derrière son indifférence le soulagement que lui procurait cette troisième information.

L'indifférence, oui, on en arriverait là. Ça n'allait bientôt plus trop marcher, cette histoire avec Félicienne. C'est que l'amour – enfin, quand je dis l'amour, je ne sais pas si c'est le mot – n'est pas seulement volatil mais il est également soluble. Soluble dans le temps, dans l'argent, dans l'alcool, dans la vie quotidienne et dans pas mal d'autres choses encore. Et sexuellement par exemple, ça n'allait plus être ça du tout, Félicienne se rebiffant sur ce point de plus en plus souvent. Tellement peu ça que Max se passait rêveusement, souvent, un disque trouvé chez un soldeur près de la porte Saint-Denis, *The Best of Doris Day* à propos duquel Félicienne, se montrant alors hostile comme si elle se doutait de quelque chose, lui demandait âprement comment il pouvait perdre son temps à écouter ces conneries. Non non, disait Max, comme ça, pour rien. J'aime bien. Cela n'arrangeait pas non plus les choses de supporter de plus en plus difficilement le petit qui, techniquement très précoce, réquisitionnait le magnétoscope à son usage exclusif, privant Max de se passer comme il l'aurait voulu une des deux vidéos avec Dean Martin – les grands rôles de sa vie dans *Some Came Running* et *Rio Bravo* – achetées le même jour chez le même soldeur.

Quelques semaines de plus en plus ternes s'écoulèrent ainsi jusqu'à ce soir où, au bar, tout en ressassant les différents moyens de mettre un terme à cette histoire avec Félicienne, Max confectionnait sans méthode un alexandra – dont la composition n'est pourtant pas la plus complexe : trois parts égales de cognac, de crème fraîche et de crème de cacao. Alors qu'il s'empêtrait dans la crème fraîche, trop ferme après un séjour prolongé au frais, il vit entrer de loin un homme d'assez petite taille flanqué d'une immense rousse à peine vêtue.

Max connaissait un peu la rousse, une des nouvelles habituées qu'il aimait bien, fille gentille fonctionnant au whisky-fizz qui est une boisson désaltérante servie directement dans un tumbler, une des choses les plus simples à préparer. Trop concentré par sa tâche, il ne prêta pas d'attention au nouvel amateur qui l'accompagnait, qui s'assit avec elle devant une petite table au fond du bar puis qui, se relevant au bout de quelques secondes, se dirigeait maintenant vers Max, sans doute pour indiquer ce qu'il souhaitait consommer. Or Max, dans l'immédiat, avait autre chose à faire que prendre une commande, venant de renverser toute la crème fraîche dans le shaker et, tête baissée, s'apprêtant à rembarrer le pékin. Monsieur Max ? articula le pékin.

26

Max sursauta, aggravant l'étalement de la crème fraîche et levant les yeux sur le pékin. Bernie.

Monsieur Max, répéta Bernie avec ravissement. Mais qu'est-ce que vous faites là ? Ce serait un peu long à t'expliquer, dit Max en essuyant une giclée de crème sur sa manche, mais comment tu as fait pour me reconnaître ? Bernie parut ne pas comprendre la question. Eh bien c'est vous, dit-il, pourquoi ? (Les vrais amis, s'attendrit Max intérieurement.) Je suis vraiment bien content de vous voir, affirma Bernie, je me demandais souvent ce que vous deveniez. Comme il n'avait l'air au courant de rien, Max évita de développer ce point. Et toi-même, s'enquit-il, où en es-tu ? J'ai eu des problèmes avec Parisy, répondit Bernie, il ne vous a pas dit ? Je me suis fâché, voyez-vous, il n'était pas correct, je suis parti juste après votre concert à Gaveau, vous vous souvenez ? Je ne l'ai jamais revu. Bien sûr, éluda Max, comprenant que Bernie, qui assurait toujours ne jamais lire la presse, n'avait pas dû apprendre ce qui lui était arrivé, ni sa disparition ni le reste évidemment. Mais j'ai tout de suite trouvé quelque chose de bien mieux, reprit Bernie. Je suis dans le show-business, maintenant. J'ai complètement coupé avec le milieu du classique, j'organise des spectacles, enfin pas exactement. Je suis tourneur de concerts, si vous voulez, ça ne marche pas mal du tout. Ah si je m'attendais à vous voir ici.

Oui, dit Max, j'ai pris un peu de distance avec ce que je faisais avant, tu comprends, le milieu et tout ça, moi aussi j'avais besoin de prendre du champ. Ah bon, dit Bernie dubitativement, et ça vous plaît ? Pas vraiment, dit Max, mais c'est pour un moment, tu vois, c'est provisoire. Un homme de votre condition, quand même, déplora Bernie, se retrouver ici. Je ne connaissais pas cet endroit, mais ça ne m'a pas l'air bien terrible. Je passais juste prendre un verre avec une copine. Bien sûr, dit Max avec un bon sourire vers la copine qui fit que Bernie regarda un instant ses pieds. Enfin, dit-il timidement, si vous vouliez changer, je pourrais peut-être vous aider. Tu crois ? feignit de s'étonner Max d'un air dégagé. Bien sûr, dit Bernie, je vais certainement pouvoir vous trouver quelque chose, vous jouez toujours du piano ? C'est-à-dire que c'est un peu compliqué, dit Max, mais enfin bon, qu'est-ce que je te sers en attendant ? C'est surtout des cocktails, ici, non ? fit Bernie. Hélas, reconnut Max. Eh bien je prendrais bien un arc-en-ciel, déclara Bernie. Attendez un instant, je vais demander à ma copine ce qu'elle veut boire. Laisse, dit Max, je crois que je sais.

Quand Bernie revint le lendemain, seul, Max essuyait des verres en jetant des regards distraits sur les deux ou trois filles installées ce soir-là avec leurs clients. S'il était soulagé que quelqu'un l'eût enfin reconnu, il était aussi un peu ennuyé de contrecarrer les instructions de Béliard. Mais après tout lui-même n'avait rien provoqué, c'était Bernie qui l'avait reconnu, Bernie qui avait agi spontanément, Bernie qui revenait le voir. C'était aussi Bernie qui s'était renseigné : une connaissance à lui nommée Gilbert venait d'ouvrir un établissement du côté d'Alésia. Quelque chose de très bien, précisa Bernie avec un geste vers les filles, pas du tout comme ici. Genre bar de nuit très distingué, très calme, où manquait un pianiste, qu'est-ce que vous en diriez ? En principe c'est un peu difficile, dit Max, mais après tout. Oui, qu'en saurait après tout le personnel du Centre ? Certes il s'agirait encore de travailler dans un bar – ce qui, vu le passé de Max, relevait de la justice immanente ou de la névrose de destinée – mais c'était là peut-être, surtout, l'occasion de se défaire de Félicienne. Bien qu'il ne sût pas comment procéder au juste, ce qu'il exposa

171

par le détail à son ancien garde du corps. Écoute, Bernie, tu vois, je n'en peux plus, je n'en peux plus de cette femme. Je ne sais pas du tout comment m'en débarrasser. Rien de plus simple, monsieur Max. Voici comment nous allons nous y prendre.

27

Et le dimanche suivant, après qu'on eut promené le petit, Max annonça à Félicienne qu'il l'invitait le soir même à dîner au restaurant, ce serait une bonne occasion de lui présenter un vieil ami à lui.

On se retrouva devant un grand restaurant de poissons, place de l'Odéon. Bernie les attendait, très élégant, très droit dans un ensemble noir et chic déstructuré, rien à voir avec les tenues que lui avait connues Max. Celui-ci n'avait pu mettre que le sordide costume gris laissé par Schmidt, une cravate à rayures achetée par Félicienne échouant à relever son niveau. Le personnel, dès leur entrée, s'occupa d'eux avec un empressement qui n'enviait rien au restaurant du Centre. Impressionnée par le cadre et l'élégance de Bernie, Félicienne prit soin de ne pas le montrer. Comme elle s'absentait un instant avant qu'on passât à table, Max prit à part Bernie brièvement. Juste une chose que j'avais oubliée, lui dit-il. Oui, monsieur Max, dit Bernie. Écoute-moi bien, ce soir tu ne m'appelles pas comme ça, d'accord ? Tu m'appelles juste Paul, je t'expliquerai. Ça tombe bien, dit Bernie, c'est le prénom de mon beau-fils, ça sera plus facile à se rappeler.

On a peut-être compris que Max n'est pas l'homme le plus gai, le plus détendu, le plus volubile qui soit mais, dès qu'on se fut mis à table, il en devint un autre. Sans se départir d'un sourire tour à tour affectueux, connivent, séducteur, bienveillant, détendu, généreux, il prit d'emblée la parole et ne la quitta plus, enchaînant avec grâce toute sorte d'anecdotes et de facéties légères, attentions et compliments, bons mots et traits d'esprit, observations fines et citations rares, souvenirs imaginaires et rappels historiques, sans jamais s'appesantir ni paraître vouloir trop briller. Bernie se tordait de rire au moindre propos de Max que Félicienne, éblouie, considérait avec une tendresse neuve et de grands yeux émus.

De l'apéritif à l'entremets, Max mit de la sorte en œuvre un numéro éblouissant. Suspendus à ses lèvres, Félicienne et Bernie souriaient et riaient sans cesse, elle se retournant plusieurs fois vers Bernie pour prendre ce charmant ami de Paul à témoin de son contentement, le charmant ami de Paul posant parfois une main discrète sur l'épaule de Félicienne pour ponctuer son hilarité. Tous deux se regardaient parfois, ravis comme des spectateurs

174

enthousiastes installés dans des fauteuils contigus par le hasard de la location et qui spontanément, sans se connaître, se confortent dans leur enchantement. Charmante ambiance, délicieuse soirée. Des clients attablés alentour jusqu'aux serveurs eux-mêmes, le monde jetait des sourires séduits, presque envieux, sur ce trio mené par un Max en très grande forme.

Quand soudain, au détour d'une phrase, celui-ci immobilisa sa fourchette au-dessus de son assiette en même temps que son sourire, brusquement figé en arrêt sur image, portant sur Félicienne et Bernie un regard glacial. Silence déconcerté autour de la table. Non mais dites-moi, tous les deux, dit-il d'une voix changée, vous croyez que je n'ai pas remarqué votre petit manège ? Vous imaginez que je ne vois pas votre jeu ? Vous pensez peut-être que je vais supporter cela sous mes yeux ? Et, se levant, Max retira de sa poche intérieure une liasse qu'il laissa tomber sur la table avant de se retirer à jamais, sans un mot de plus, avec une expression amère de dignité blessée.

Et dans la matinée du lendemain, il retrouva Bernie dans un café près du Châtelet. Alors, dit Max, j'étais comment ? Est-ce que j'ai été bon ? Excellent, monsieur Max, dit Bernie, vous avez été parfait. C'est à toi que je le dois, tu sais, dit Max, c'était ton idée, comment elle a pris ça ? La pauvre jeune femme, dit Bernie, elle ne savait plus où elle en était. Il fallait bien la consoler, n'est-ce pas, j'ai donc pris sur moi. Je l'ai raccompagnée chez elle et puis vous

175

savez ce que c'est. Très bien, dit Max, tu as bien fait. Enfin voilà, dit Bernie, je la revois jeudi. Fais quand même attention, s'inquiéta Max, elle n'est pas d'un commerce très facile. Oh, dit Bernie, j'ai l'habitude, mais où est-ce que vous allez pouvoir dormir maintenant ?

Je ne veux plus retourner à l'hôtel, fit savoir Max. Pas de problème, dit Bernie, vous n'avez qu'à venir habiter chez moi. Mais je connais, chez toi, se souvenait Max. C'est trop petit. J'ai déménagé, dit Bernie, j'habite à présent boulevard du Temple, c'est moins chic que la plaine Monceau mais j'ai beaucoup plus de place, mes moyens me le permettent à présent, vous avez quand même vu mon costume d'hier soir. À propos, dit Max, il faudra que je te rembourse pour le dîner. Laissez tomber, monsieur Max, dit Bernie, on verra ça plus tard. Allons plutôt voir Gilbert en attendant.

L'établissement que venait d'ouvrir Gilbert était grand, sombre et silencieux à cette heure-ci, ce qu'à toute heure Gilbert était aussi. Le décor était élégant, sobre et distingué, ce que Gilbert se révélerait être également. Ainsi vous êtes pianiste, dit-il. Ma foi, nuança Max, disons que je l'ai été. Monsieur Max est un grand artiste, témoigna Bernie les yeux grands ouverts. Voyez-vous, dit Gilbert, en vérité j'ai besoin de quelqu'un de confiance, je connais tous les problèmes qu'on peut avoir avec les musiciens, auriez-vous l'amabilité de vous livrer à une audition ? Voyons, Gilbert, s'indigna Bernie, tu ne vas pas lui faire cet affront, tu oublies qu'il s'agit d'un artiste international. Aucun problème, dit Max, comme vous voulez, qu'est-ce qu'il vous ferait plaisir d'entendre ? Classique ou piano-bar, c'est comme vous préférez. Gilbert lui laissant le champ libre, il exécuta donc à la chaîne *Laura, Liza, Celia* suivies d'une ou deux Polonaises. Ça me paraît convenir tout à fait bien, jugea Gilbert, mais c'est alors que la porte de l'établissement s'ouvrit avec violence et que, visiblement furieux, Béliard fit son apparition.

28

Sans un salut, sans un regard sur Gilbert et Bernie, Béliard marcha vers Max d'un pas décidé. Qu'est-ce que je vous avais dit ? cria-t-il d'emblée. Si vous croyez qu'on ne vous surveille pas, vous vous trompez. C'est une double infraction, ce que vous faites, ce n'est pas correct, c'est une double faute par rapport à nos conventions. Non seulement vous vous faites reconnaître, lança-t-il. Je n'y suis pour rien, l'interrompit Max en désignant Bernie, c'est lui qui m'a reconnu, ce sont vos chirurgiens qui ont mal fait leur boulot. Passe encore, vociféra Béliard, mais en plus vous exercez votre ancienne profession. Pas le moins du monde, plaida Max en désignant le piano, je montrais juste à ces messieurs ce que je sais faire. Bon, dit Béliard en se calmant un peu trop vite, ça va pour cette fois.

Il avait l'air changé depuis le Centre. Il n'affichait plus ce flegme hautain, absent et surplombant qui avait indisposé Max dès leur première rencontre. Il paraissait à présent hypertendu, très émotif, prompt à s'énerver aussi rapidement qu'à baisser les bras. Gilbert et Bernie préférèrent s'éloigner du piano, se rabattant vers une annexe. Sortons d'ici, décida Béliard en secouant la tête vers eux, nous serons plus tranquilles pour discuter dehors.

On sortit. La rue. Les voitures qui passaient. Les musiques variées des autoradios qui s'échappaient des vitres baissées des voitures. Parfois ce n'étaient que des cellules rythmiques, parfois de lourdes lignes de basse qui faisaient froid dans le dos. On marcha d'abord sans rien dire puis Béliard reprit la parole. Je suis venu remettre un peu d'ordre, indiqua-t-il posément. Maintenant vous allez me faire le plaisir de reprendre votre travail au bar, n'est-ce pas, à l'hôtel où on vous a affecté. Certainement pas, dit Max. Je ne veux plus retourner au bar, déclara-t-il d'une voix ferme, je considère que je n'ai pas mérité ça. Vous commencez à m'emmerder, Delmarc, se remit à crier Béliard, vous me compliquez terriblement la vie. Vous n'êtes vraiment pas un client facile, vous savez ça ?

Mais d'abord qu'est-ce que vous faites là, demanda Max, je vous croyais au Centre en permanence. Ils m'ont mis en détachement, dit Béliard, je suis un peu fatigué en ce moment. Et puis, je vous dis, je voulais m'occuper de vous. Je vais rester quelques jours ici, le temps de reprendre un peu les choses en main en ce qui vous concerne. Et puis j'ai un autre problème plus important à régler. J'ai quelqu'un qui s'est échappé du parc – vous vous souvenez du parc ? – et que je dois récupérer. C'est du travail, vraiment beaucoup de travail. Il faudrait d'abord vous reposer, fit observer Max, vous êtes dans quel hôtel ? Je ne sais pas, dit Béliard effondré, je viens d'arriver, je n'ai pas eu le temps de m'en occuper. Vous en connaissez un ?

Lui déconseillant le Montmorency, Max lui suggéra de prendre une chambre au Holiday Inn de la place de la République. Ce n'est pas mal, fit-il valoir, c'est confortable et central. Et puis j'ai un ami qui me propose de m'héberger boulevard du Temple, c'est à deux pas de la République, on ne sera pas loin l'un de l'autre, on pourra se voir quand vous voudrez. Peut-être, dit Béliard en baissant les épaules, je ne sais pas. Je suis vraiment fatigué. Oui, peut-être que je vais faire ça. C'est loin d'ici, la République ? Un peu, dit Max, il vaudrait mieux prendre un taxi. Bon, dit Béliard, d'accord. Puis, se reprenant en agitant un doigt : Mais ne vous avisez pas de me faire un tour de con, hein ? Aucun tour de con, dit Max, installez-vous bien. Vous vous installez bien, vous vous reposez bien et je vous appelle demain matin, d'accord ? D'accord, dit Béliard, on fait comme ça. Max héla un taxi dans lequel l'autre monta sans un mot de plus et que Max regarda s'éloigner. Béliard, en vérité, paraissait complètement déprimé.

Ce n'était rien, dit Max en retournant chez Gilbert, juste un ami qui est dans une mauvaise passe. Bon, reprenons, je vous joue quelque chose d'autre ? Ça ne me semble pas nécessaire, dit Gilbert, ça m'a paru très bien. Bon, dit Max, alors je commence quand ? Eh bien disons lundi, proposa Gilbert. Ah je suis content, s'exclamait dix minutes plus tard Bernie, dans un nouveau taxi qui les emmenait vers le boulevard du Temple. Monsieur Max, je suis fier de vous. C'est moi qui te remercie, dit Max. D'ailleurs tu pourrais m'appeler Max, maintenant, tout simplement. Ou Paul. Comme tu veux.

Le nouvel appartement de Bernie, au 42, était en effet plus spacieux que celui de la rue Murillo mais aussi beaucoup plus bruyant car donnant droit sur le boulevard. La chambre du beau-fils étant toujours inoccupée – il est en Suisse, maintenant, expliqua Bernie, un grand collège privé en Suisse, c'est aussi qu'il est de plus en plus intelligent –, Max s'y installa sans aller récupérer ses affaires à l'hôtel. Une avance consentie par Gilbert lui permettrait de s'habiller à neuf dès le lendemain après qu'il eut, comme convenu, rencontré Béliard.

Celui-ci était nettement moins agité que la veille. J'ai bien dormi, fit-il savoir, ça m'a reposé. J'en avais besoin. Sans que Max eût à plaider sa cause, il ne fit plus aucune histoire quant à son engagement chez Gilbert. J'admets que le coup du Montmorency était un peu sévère, jugea-t-il, au fond vous faites comme

181

vous voulez, je réglerai ça avec Schmidt. Je vais profiter de ce que je suis là pour faire un peu de tourisme, vous avez quelque chose de prévu cet après-midi ? Juste quelques courses à faire, dit Max, pour m'habiller, mais on peut dîner ce soir ensemble, si vous voulez. Passez donc chez Bernie, ça lui fera plaisir de vous connaître. Béliard passa donc chez Bernie, sympathisa avec Bernie, revint le lendemain soir puis le surlendemain, au point de passer bientôt dîner chaque soir et qu'on finît par s'habituer à lui.

Alors que Max persistait dans sa nouvelle sobriété, il apparut que Béliard, à l'occasion, pouvait céder volontiers aux appels spiritueux. Un soir d'excès, il se livra un peu, évoquant de manière confuse sa vie quotidienne au Centre – ça n'a l'air de rien mais c'est dur, de travailler là-bas. Sous ses dehors comme ça, Lopez est redoutable – et quelques épisodes de son parcours professionnel. À mesure qu'il vidait ses verres sous l'œil inquiet de Max et de Bernie, il évoqua pâteusement une soi-disant mission pendant laquelle il avait dû s'occuper d'une jeune femme en difficulté. Il débutait au Centre à cette époque, tenta-t-il d'expliquer, c'était un stage et c'était spécialement affreux d'être stagiaire, assura-t-il en se reservant, ils vous imposent d'être petit, moche et méchant, moi qui n'aime que ce qui est beau et bon, mais enfin, il a bien fallu en passer par là. À l'évidence, il délirait.

Les jours passant, Béliard qui s'était mis à boire beaucoup, parfois dès le matin, venait quotidiennement boulevard du Temple au point qu'il fallut bientôt le prendre en charge à temps plein. Bernie lui libéra une autre chambre et on le promenait, on l'emmenait au Louvre ou au musée d'Orsay, on le baladait jusqu'à la Mer de sable et au château de Versailles, on lui faisait respirer le bon air du parc des Buttes-Chaumont. Ne voyant plus aucune objection quant au travail de Max chez Gilbert, Béliard l'y accompagnait un soir sur deux, assis à une table tout près du piano avec un verre indéfiniment renouvelable et tenant absolument à donner son avis sur la musique après.

Mais cette imprégnation lui fit bientôt filer, comme c'est quelquefois le cas, le mauvais coton de la dépression. Quand Béliard commença de se plaindre sans cesse de sa solitude, bien qu'on l'eût constamment sur le dos, on chercha de nouvelles solutions. Bernie proposa même de lui faire rencontrer des filles. Pas des filles compliquées, lui représenta-t-il, des filles simples et gentilles, comme on en trouvait par exemple tant qu'on voulait au bar du Montmorency, mais Béliard refusa tout net. Ma condition, bafouilla-t-il avec une gravité d'ivrogne, me l'interdit. Sans émettre aucun commentaire, Max jugea snob ce refus de se commettre avec des mortelles.

On connut donc une période difficile où Béliard se mit à geindre tant, tout le temps, qu'on tenta tout pour lui. On lui conseilla de consulter – mais la médecine des âmes, il n'avait pas confiance. Max, qui se rappelait avoir traversé des moments difficiles comparables, lui suggéra de se procurer des antidépresseurs en tout genre, des trucs au lithium qui avaient pu lui apporter alors un peu de soulagement, mais Béliard refusa également. Il refusait tout ce qu'on lui proposait. On ne savait plus quoi faire avec lui.

29

Et puis, on ne sait au juste pourquoi ni comment, la situation se rétablit progressivement. Au bout de quelques semaines, Béliard commença d'aller mieux. Sans pour autant s'inverser en état maniaque, alternative classique de la dépression, l'humeur de Béliard prit un tour plus serein : on le vit se remettre à sourire, engager des conversations, jusqu'à prendre des initiatives. Max et Bernie n'eurent bientôt plus besoin de se casser la tête à lui trouver des distractions : il partait seul tous les après-midi, L'Officiel des spectacles en poche, et on ne le voyait plus jusqu'à l'apéritif – point sur lequel, d'ailleurs, il semblait même en voie de se modérer.

Lui qui, depuis son arrivée chez Bernie, n'avait jamais levé un doigt pour aider à la vie quotidienne, pouvait à présent rentrer le soir en apportant, faites de son propre chef, quelques courses pour le dîner. Vraiment Béliard était en progrès, faisant son lit dès son lever, aidant à la vaisselle et au ménage, rinçant la baignoire avant de quitter la salle de bains. C'est aussi volontiers qu'il accompagnait Max au supermarché, ne rechignant pas non plus à changer une ampoule ou transporter les bouteilles vides au conteneur vert du coin de la rue Amelot sans qu'on eût rien osé lui demander. L'hôte idéal : aimable, coopératif et si discret qu'il arrivait à Max, rentré tard de son travail chez Gilbert donc levé tard aussi, de ne pas le croiser de la journée.

Un de ces jours qu'il avait ainsi disparu – vers la Sainte Chapelle, le Grand Rex ou la salle Drouot –, Max profita de son après-midi libre pour se rendre aux Grands magasins du Printemps dans un but prosaïque de renouvellement sous-vestimentaire. Celui-ci vite réglé, il traîna un moment parmi les étages du magasin, sans désir d'achat ni autre dessein que s'arrêter, çà et là, devant des choses dont il n'avait aucun besoin, une cabine de douche multifonctions, un téléviseur 16/9 ou par exemple une panoplie de couteaux – à légumes, à tomates, à pain, à jambon, à saumon, à désosser, à émincer, à larder. Ce faisant il écoutait vaguement les annonces diffusées dans l'espace et qui pouvaient parler d'une semaine du rideau, de rabais électroménagers, de 20 % sur les stores ou de madame Rose Mercœur qu'on attendait au Point priorité service du rez-de-chaussée.

Certes ce n'est pas un prénom si rare mais au fond pourquoi pas. Ce n'était pas non plus, à l'époque, le nom de famille de Rose mais tout le monde a le droit de se marier. Bref c'était encore plus improbable qu'à Passy ou Bel-Air mais après tout il avait le temps, oui, pourquoi ne pas aller jeter un coup d'œil. Cependant on voit bien que cette situation le rend un peu nerveux, qu'il progresse discrètement vers l'escalier mécanique, sans avoir l'air de se presser, avec le même air dégagé sous cœur battant que si, venant de commettre un vol, il redoutait d'être observé – pas question de se trahir par un geste suspect sous les faisceaux de la vidéo-surveillance. Max, dans l'escalator, continua d'afficher cette lenteur désinvolte puis, arrivé au rez-de-chaussée, il chercha un peu plus fébrilement le Point priorité service et, une fois qu'il l'eut trouvé, figure-toi que cette fois c'était elle, c'était absolument elle.

Il apparut tout de suite que Rose, qui n'avait pas tellement changé à trente ans près, disons normalement changé, avait fait remodeler son nez, ce dont Max éprouva un nuage de contrariété. On se souvient que ce nez, dans le temps, n'était peut-être pas la plus belle chose qu'elle possédait, mais justement, justement. À peine un peu trop busqué, il était si bien cadré par un visage parfait qu'il semblait, à l'époque, d'autant plus émouvant. Bon, il était à présent devenu aussi beau que le reste, c'était un peu dommage mais on n'allait pas chipoter. C'était en tout cas une belle intervention de chirurgie plastique, tout à fait digne des professionnels du Centre. Quant aux vêtements de Rose, elle ne portait au Point priorité service aucune des tenues qu'il avait remarquées le jour de sa poursuite en métro. C'était assez classique, twin-set en cachemire camel et jupe en tweed moucheté – Max observa non sans une émotion que l'étiquette du twin-set, échappée du chandail, rebiquait à contresens sur sa nuque.

Elle était seule. Elle avait l'air d'attendre. La reconnaissant donc aussitôt, Max voulut s'approcher mais elle n'allait sûrement pas le reconnaître – normal vu le temps passé, multiplié par le traitement subi au Centre. Elle ne l'identifierait donc évidemment pas mais au fond, essayer de la séduire sous ses nouveaux nom et aspect serait aussi pas mal troublant après tellement d'années. Spontanément il fallait l'aborder mais quelque chose retint Max, non moins embarrassé par son lot dérisoire de caleçons sous plastique que par le risque, toujours, de passer pour un – quoique ce risque, cette fois, parût moins justifié qu'avec la femme au chien. Il attendit quand même un peu, le temps que son cœur batte un peu moins et qu'il imagine le moyen d'oser aller se manifester.

Ce fut alors que, paraissant au fond du magasin puis traversant tout le département des parfums, Max vit Béliard se diriger vers Rose et l'aborder, lui, frontalement et sans préambule comme s'il l'avait toujours connue. Entre Chanel et Shiseido, ils se lancèrent aussitôt dans un échange animé, facile et souriant dès le début duquel Max, effaré, vit Béliard rabattre d'un petit geste l'étiquette du chandail de Rose, familièrement et dans le bon sens. Après quoi il parut insister sur un point, argumenter avec éloquence et à l'aide de gestes, toujours les mêmes gestes et donc toujours, sans doute, sur ce même point. À mesure que cette conversation se prolongeait, Rose manifestait de son côté de plus en plus de signes d'acquiescement, provoquant en retour le sourire de plus en plus ouvert de Béliard.

Max ne put s'empêcher de se mettre à marcher, vers eux, comme un fantôme, mais n'oublions pas qu'il n'est qu'un fantôme, pour s'immobiliser à quelques mètres. Comme Béliard l'aperçut alors, il lui fit signe d'approcher en gardant son sourire grand ouvert, venez donc ici que je vous présente. Paul, prononça-t-il, un ami. Rose, une vieille amie que j'avais perdue de vue depuis longtemps, sourit Béliard de plus en plus largement, je désespérais presque de la retrouver. Max s'inclina gauchement devant Rose qui n'eut qu'un signe de tête sans manifester, comme prévu, le moindre signe de reconnaissance. Nous allions partir, voyez-vous, fit savoir Béliard, nous avons une petite course à faire. Attendez un instant, dit Max. Excusez-moi mais, cette personne, je crois que c'est moi qui devais absolument la retrouver. Oui, dit Béliard avec un sourire froid, je sais. Je le sais parfaitement mais c'est moi qui pars avec elle. C'est comme ça, voyez-vous, la section urbaine. Ça consiste en ça. C'est ce que vous autres appelez l'enfer, en quelque sorte. Alors nous sommes bien d'accord ? enchaîna-t-il en se retournant

vers Rose, je vous ramène au parc ? Mon cher
Paul, je vous dis à plus tard.

Resté d'abord immobile devant le Point priorité service, Max écrasé voit Rose et Béliard se
diriger vers les portes vitrées, les pousser, quitter son champ visuel avant que, par automa-
tisme, il se mette à son tour en mouvement. Une
fois sorti du magasin, il les aperçoit encore qui
s'en vont sur le boulevard Haussmann, dans la
direction de l'ouest, mais lui s'arrête là, ne les
suit que des yeux sans penser à les rejoindre.
Au coin de la rue du Havre, Béliard se retourne,
lui fait un petit signe et Max, plus mort que
jamais, les voit reprendre leur marche, s'ame-
nuiser dans la perspective du boulevard avant
de prendre à droite et disparaître dans la rue
de Rome.

CET OUVRAGE A ÉTÉ ACHEVÉ D'IMPRIMER LE
VINGT FÉVRIER DEUX MILLE DIX-HUIT DANS LES
ATELIERS DE NORMANDIE ROTO IMPRESSION S.A.S.
À LONRAI (61250) (FRANCE)
Nº D'ÉDITEUR : 5821
Nº D'IMPRIMEUR : 1503044

Dépôt légal : avril 2018